DUMONT

Sommer 1920 im nordenglischen Oxgodby: Als auf dem Bahnhof ein Londoner aus dem Zug steigt, weiß gleich das ganze Dorf Bescheid: Er ist der Restaurator, der das mittelalterliche Wandgemälde in der örtlichen Kirche freilegen soll. Doch was steckt hinter der Fassade des stotternden und unter chronischen Gesichtszuckungen leidenden Mannes? Tom Birkin hat im Ersten Weltkrieg gekämpft, als traumatisierter Veteran wurde er von seiner Frau verlassen. Er hofft, in der Ruhe und Einfachheit Yorkshires zu gesunden. Und tatsächlich: Je näher er dem Meisterwerk hinter der Kirchendecke kommt, desto näher kommt er auch sich selbst. Und seinen Mitmenschen. Langsam gelingt es ihm, sich der Welt um sich herum zu öffnen, vielleicht sogar der Liebe. Der Monat auf dem Land ist ein Monat der Heilung. Was Birkin hier erlebt, wird er sein Leben lang mit sich tragen …

J. L. Carr erzählt von einem Mann, der überlebt, und von der Rettung, die in uns wie den anderen liegt. Dieser moderne Klassiker der englischen Literatur ist in seiner sprachlichen Leichtigkeit und Eleganz eine echte Wiederentdeckung.

J. L. Carr wurde 1912 in der Grafschaft Yorkshire geboren und starb 1994. Nachdem er jahrelang als Lehrer gearbeitet hatte, gründete er 1966 einen eigenen Verlag und verfasste acht Bücher. ›Ein Monat auf dem Land‹ ist Carrs bekanntestes Werk und war 1980 für den Booker-Preis nominiert. Bei DuMont erschien zuletzt ›Wie die Steeple Sinderby Wanderers den Pokal holten‹ (2017).

J. L. Carr

Ein Monat auf dem Land

Aus dem Englischen
von Monika Köpfer

DUMONT

Von J. L. Carr ist bei DuMont außerdem erschienen:
Wie die Steeple Sinderby Wanderers den Pokal holten

MIX
Papier aus verantwortungsvollen Quellen
FSC® C083411

Zweite Auflage 2017
DuMont Buchverlag, Köln

Die englische Originalausgabe erschien 1980 unter dem Titel
›A Month in the Country‹ bei Harvester Press, Brighton.

Übersetzung: Monika Köpfer
Umschlaggestaltung: Lübbeke Naumann Thoben, Köln
Umschlagabbildung: © istockphoto – User2547783c_812©
Satz: Angelika Kudella, Köln
Gesetzt aus der Adobe Caslon
Druck und Verarbeitung: CPI books GmbH, Leck
Gedruckt auf säurefreiem und chlorfrei gebleichtem Papier
Printed in Germany
ISBN 978-3-8321-6431-7

www.dumont-buchverlag.de

»Eine *Novelle* – eine kleine Erzählung,
zumeist über die Liebe«
Dr Johnson's Dictionary

»Nur Atem holen will ich,
mach auch du kurz Rast –,
reich mir die Hand und sag mir,
was du im Herzen hast.«
A. E. Housman

Sie kommt nicht, wenn Mittag ist über den Rosen –
nicht am helllichten Tag.
Sie kommt erst zur Seele, wenn sie rastet,
ausruht von Arbeit und Spiel.
Aber wenn es Nacht ist über den Bergen und vom Meer
die großen Stimmen hereinwehen,
Im Sternenlicht und Kerzenlicht und Traumlicht,
da kommt sie zu mir.
Herbert Trench

Vorwort

Wenn man lange ein und derselben Beschäftigung nachgeht, neigt man dazu, seine ursprünglichen Absichten zu vergessen. Ich meine mich jedoch zu erinnern, dass mir, als ich *Ein Monat auf dem Land* zu schreiben begann, eine nette, unterhaltsame Geschichte vorschwebte, ein ländliches Idyll im Stil von Thomas Hardys *Die Liebe der Fancy Day.* Um einen ganz eigenen Erzählton zu erzeugen, sollte der Erzähler wehmütig fünfzig Jahre später zurückblicken und sich an eine Zeit erinnern, die unwiederbringlich vorbei ist, und dabei leise Trauer verspüren.

Und ich wollte, dass die Geschichte glaubhaft war. Also beschloss ich, sie in North Riding anzusiedeln, im Vale of Mowbray, das seit vielen Generationen die Heimat meiner Familie ist und wo ich in einem Haus ähnlich dem der Ellerbecks aufwuchs, in einer Zeit, in der man noch mit Pferd und Pflug die Felder bestellte und eine Kerze mitnahm, wenn man zu Bett ging.

Das Verfassen eines Romans kann ein kaltblütiges Unterfangen sein. Man benutzt, was immer gerade im Gedächtnis herumliegt, und biegt es so hin, dass es dem eigenen Zweck dient. Der Besuch bei dem todkranken Mädchen, eine erste Erfahrung als Laienprediger, der Ausflug der Sonntagsschule, ein Tag bei der Ernte und noch vieles mehr hat sich tatsächlich zwischen den Pennine Moors und den Yorkshire

Wolds ereignet. Die Kirche inmitten der Felder befindet sich hingegen in Northamptonshire, ihr Friedhof in Norfolk und die Pfarrei in London. All das war Wasser auf meine Mühlen.

Auch wird eine Geschichte während der Monate, in denen man über die Vergangenheit schreibt, gefärbt von dem, was man in der Gegenwart erlebt. Auf diese Weise ändert sich der Erzählton unbewusst – was man ursprünglich im Sinn hatte, zerrinnt einem zwischen den Fingern. Und so ertappte ich mich dabei, wie ich durch ein anderes Fenster auf eine dunklere Landschaft blickte, die weder von der Gegenwart noch von der Vergangenheit bewohnt war.

J. L. Carr

Ein Monat auf dem Land

Als der Zug zum Stehen kam, stolperte ich die Stufen hinab, während ich meinen Seesack umständlich vor mir herbugsierte. Am unteren Ende des Bahnsteigs rief eine verzweifelte Stimme: »Oxgodby … Oxgodby.« Niemand bot mir Hilfe mit meinem restlichen Gepäck an, also kehrte ich in mein Abteil zurück, taumelte über Knöchel und Füße, um den Bastkorb (aus der Gepäckablage über dem Sitz) und mein faltbares Feldbett (aus dem Stauraum unter dem Sitz) zu holen. Sollte dieses Verhalten charakteristisch für die Nordländer sein, dann befand ich mich in Feindesland und so achtete ich nicht besonders darauf, wo ich meine Füße hinsetzte. Ich hörte, wie ein Kerl vernehmlich die Luft einsog und ein anderer etwas Unverständliches knurrte: Keiner von ihnen sagte etwas.

Dann war ich draußen, der Schaffner blies in seine Trillerpfeife, der Zug fuhr ruckelnd an – und blieb abermals stehen. Dies schien zu genügen, um den alten Mann, der im nächstgelegenen Waggon saß, dazu zu bewegen, das Fenster halb herunterzulassen und mir in breitestem und nahezu unverständlichem Yorkshire-Dialekt zuzurufen: »Pass'n Sie auf, Master, Sie werd'n ja nass bis auf die Knochen!«, und er schob das Fenster direkt vor meiner Nase wieder hoch. Schließlich stieß die Lok eine herrliche Dampfwolke aus, und während der Zug davonzuckelte, zog eine Reihe hölzerner und mich anstarrender Gesichter an mir vorüber. Nunmehr allein auf dem Bahnsteig, ordnete ich meine Gepäckstücke und warf einen letzten Blick auf meine Karte, ehe ich sie wieder in der Tasche meines Mantels verstaute, nur um sie erneut hervorzuzerren, wobei mein Fahrschein dem Stationsvorsteher vor die Füße fiel und ich wünschte, ich hätte die beiden fehlenden Knöpfe angenäht und es würde zu regnen aufhören, bis ich ein Dach über dem Kopf hätte.

Ein junges Mädchen, das Gesicht gegen eine Fensterscheibe des Stationsvorsteherhauses gedrückt, sah mich unverwandt an. Vermutlich hatte mein Mantel sein Interesse geweckt; er stammte noch aus Vorkriegszeiten, schätzungsweise aus dem Jahr 1907, erstklassiges Material, noch die gute alte Qualität, dicker Fischgrät-Tweed. Er reichte mir bis zu den Knöcheln; sein ursprünglicher Besitzer musste ein gut betuchter Riese gewesen sein.

Mir schwante, dass ich tatsächlich bis auf die Knochen nass werden würde; schon drang Wasser durch die Sohlen meiner Schuhe. Der Stationsvorsteher trat in den Lampenraum zurück und sagte etwas zu mir, aber ich konnte seinen Dialekt nicht verstehen. Er schien es zu bemerken. »Ich habe gesagt, Sie können sich meinen Schirm borgen, wenn Sie wollen«, wiederholte er in passablem Englisch.

»Es ist nicht so weit zu meinem Ziel«, sagte ich. »… das heißt, laut meiner Karte.«

Die Leute dort oben sind von unbezwingbarer Neugier. »Und was soll das sein?«, fragte er.

»Die Kirche«, antwortete ich. »Dort werde ich mich gewiss trocknen können.«

»Kommen Sie doch auf'ne Tasse Tee herein«, erwiderte er.

»Danke, aber ich bin mit dem Pfarrer verabredet.«

»Ach so«, sagte er, »ich selbst bin bei der Freikirche, wissen Sie. Trotzdem, wenn Sie etwas brauchen, lassen Sie es mich wissen. Hoffentlich finden Sie, was Sie suchen.«

Er schien zu wissen, weswegen ich gekommen war.

Dann machte ich mich mit gemischten Gefühlen auf den Weg, während ich den Bastkorb mit meiner Wechselkleidung notdürftig mit dem Mantel vor dem Regen abschirmte. Die schmale Straße befand sich dort, wo sie laut Karte sein sollte. Und da war ein einzelnes Gebäude; es entpuppte sich als heruntergekommenes Bauernhaus, dessen kleiner Vorgarten hinter einem verrosteten schmiedeeisernen Zaun schmollte. Ein Hund, ein Airedaleterrier, zerrte an seiner Kette, jaulte halbherzig und zog sich dann schnell wieder ins Trockene zurück. Sodann passierte ich eine Reihe Hühnerställe, halb eingefallen inmitten der Brennnesseln des darniederliegenden Obstgartens. Der Regen floss mir in einem Rinnsal vom Filzhut in den Nacken, und einer der Griffe meines Bastkorbs hatte sich gelöst. Schließlich bog ich um eine hohe Hecke herum und befand mich auf offenem Feld. Und da war auch schon die Kirche.

Auf den ersten Blick ein Allerweltsbauwerk: Allem Anschein nach hatte dieser Landstrich im ausgehenden Mittelalter keine Schafwoll-Hochkonjunktur erlebt. Dies war mit Sicherheit ein Hungerleiderland gewesen, jeder Baustein hatte der Erde abgepresst werden müssen. Das Giebeldach des Altarraums war weniger steil als das des Hauptgebäudes und musste gut hundert Jahre später hinzugefügt worden sein (das Giebeldach von letzterem lief über den beiden Seitenschiffen flach aus). Ein gedrungener Glockenturm. Nicht, dass Sie einen falschen Eindruck bekommen; alles in allem war ich angenehm überrascht von der Kirche, und im Näherkommen sah ich, dass sie über ein gut erhaltenes Mauerwerk verfügte – Kalkstein statt Bruchgestein. Sogar die Steine zwischen den Strebepfeilern waren gut behauen und kamen mit nur einem Hauch Mörtel aus, und obwohl ich schier im Regen ertrank, zollte ich den Steinmetzen Bewunderung. Was den Stein betraf – nur eine leichte Gelbfärbung, Magnesium –, so musste er in der Nähe von Tadcaster abgebaut und über die Flüsse herbeigeschifft worden sein. Sehen Sie mir diese Detailversessenheit nach: Bereits in jener längst vergangenen Zeit bildete ich mir etwas auf meine Gesteinskenntnisse ein.

Auch die Kirchhofmauer war in gutem Zustand, allerdings war die Klinke des schmalen Tors abgebrochen, und es wurde von einer Schnurschlaufe zugehalten. Einige alte Grabsteine aus dem achtzehnten Jahrhundert waren zu sehen, die flechtenbewachsenen Engels-, Stundengläser- und Totenkopfmotive überwuchert von Gras, Brennnesseln und Hundspetersilie. Auch zwei, drei Zacken eines Familiengrabsteins konnte ich zwischen dem Dornengestrüpp ausmachen. Eine graue Katze spähte daraus hervor, funkelte mich feindselig an, und weg war sie. Der Himmel allein wusste, was sonst noch hier lebte: Heutzutage würde man es gewiss zum schützenswerten Biotop erklären.

Die Dachrinnen und Abflussrohre – ich konnte nicht anders und musste nachschauen, ob sie mit den Wassermassen zurechtkamen. Also ging ich schnell um das Gebäude herum. Nirgendwo ein Sturzbach von oben, kein einziger Spritzer an den Mauern! Feuchtigkeit ist der Untergang von Wandgemälden. Wenn es irgendwo eine grüne Mauer gegeben hätte, hätte ich genauso gut auf dem Absatz kehrtmachen und mich wieder zum Bahnhof zurückspülen lassen können.

Doch so ging ich zu der kleinen Veranda zurück, deren steinerne Sitzbänke blank poliert waren von den Hinterteilen unzähliger Trauergäste, die dort in den letzten fünfhundert Jahren Platz genommen hatten, schwindelig von Weihrauch oder Gewissensbissen.

Dann drehte ich den Eisenring und schob die Tür auf. Sie ächzte – ein Warnsignal, für das ich während der nächsten Wochen noch dankbar sein sollte. Und hier war ich also. Im Großen und Ganzen war es so, wie ich es erwartet hatte – ein Steinplattenboden, drei gedrungene Säulen zu beiden Seiten des Mittelschiffs, zwei niedrige Seitenschiffe und vorn der Altarraum (jedenfalls das, was ich davon sehen konnte), penibel umgestaltet von einem Amtsinhaber der reformerischen Oxford-Bewegung. Ein dichtes, robustes Dach; es hätte ebenso gut ein auf dem Kopf stehender Schiffsboden sein können. Und soweit ich es erkennen konnte, schien es ein paar interessante Scheitelsteine zu geben. Aber natürlich war es der Geruch des Ortes, der sich zuerst einprägte – und dieser Geruch war der von feuchten Kniekissen.

Das Baugerüst war, so wie es mir brieflich zugesichert worden war, errichtet und füllte den Chorbogen aus. Sogar eine mit einem Seil befestigte Leiter stand bereit, und ich stieg augenblicklich hinauf. Man kann ja viel gegen den Reverend Keach sagen. Leider. Aber wenn er eines Tages vor den Richterstuhl Christi tritt, muss dies zu seiner Verteidigung vorgebracht werden: In geschäftlichen Dingen war bei Gott auf ihn Verlass. Und das ist bei Engländern eine rare Tugend. In Frankreich hätten wir ein paar Majore von seinem Schlag gut brauchen können. Er hatte gesagt, das

Gerüst werde bereitstehen, und es stand bereit. Er hatte gesagt, wenn ich mit dem Zug um Viertel nach sieben ankäme, werde er mich um halb acht in der Kirche erwarten. Und das tat er.

Und so sah ich ihn zum ersten Mal – er schien mir der fleischgewordene Ausdruck seiner geschäftsmäßigen Briefe zu sein, wie er da schräg unter mir im Eingang stand und an den nassen Fußabdrücken ablas, dass ich bereits da war. Mit der Unnachgiebigkeit eines Spürhunds folgte er ihnen mit den Blicken bis zum Fuß der Leiter und an ihr empor.

»Guten Abend, Mr Birkin«, sagte er, und ich kletterte hinunter. Er war vier oder fünf Jahre älter als ich, so um die dreißig, ein großer, aber nicht gerade kräftiger Mann, wohlgeraten, mit hellen Augen und mit kaltem, verschlossenem Ausdruck, und selbst als er sich längst an das Zucken in meinem Gesicht hätte gewöhnt haben müssen, schien er, wenn er mit mir sprach, seine Worte an jemanden hinter meiner linken Schulter zu richten.

Er kam sogleich zur Sache. »Also, zu Ihrem Wunsch, in der Glockenturmkammer zu wohnen. Ich bin nicht gerade begeistert von dieser Idee. Gewiss habe ich in unserer Korrespondenz erwähnt, dass Mossop jeden Sonntag die Glocke läuten muss und dass das Seil durch ein Loch im Boden verläuft. Ich hatte gehofft, Sie würden sich eine andere Unterkunft suchen – ein möbliertes Privatzimmer vielleicht oder dass Sie sich im Shepherds' Arms einquartierten.«

Ich murmelte etwas von unnötigen Ausgaben.

»Der Ofen«, sagte ich dann. »Was ist mit dem Ofen? Sie hatten mir meine diesbezügliche Frage noch nicht beantwortet. Kann ich ihn benutzen? Der Regen … so wie heute …« Mein Stottern verwirrte ihn einen Moment lang.

»Im Vertrag steht davon nichts«, sagte er ausweichend und schaffte es irgendwie, durchblicken zu lassen, dass das Gleiche auch für mein Gestotter und Gesichtszucken galt. »Anfangs war von dem Ofen nicht die Rede. Wir müssen an *unsere* Ausgaben denken, wissen Sie. Sie schrieben, Sie würden einen Spirituskocher mitbringen. In Ihrem ersten Brief. In diesem.« Er holte ihn aus seiner Jackentasche und drückte ihn mir in die Hand. »Auf der zweiten Seite, ungefähr in der Mitte.«

»Nun, ich will verhindern, dass ich etwas in Brand setze«, gab ich zurück und war ziemlich zufrieden mit mir; die Leute sind sich nicht im Klaren darüber, dass ein Stotterer mehr Zeit hat, auf unangenehme Angriffe zu reagieren, und so setzte ich noch eins drauf: »Und vergessen Sie die Versicherung nicht. Die nennen so etwas ›widernatürlichen Gebrauch eines Gebäudes‹. Brennspiritus und Paraffin … uraltes Holz … zundertrocken … todsichere Faktoren, die die Prämie ansteigen lassen. Ein Onkel von mir war Versicherungsvertreter …«

Die Formulierung »widernatürlicher Gebrauch« erzielte offenbar ihre Wirkung. »Widernatürlicher Gebrauch« klang für Londoner schon schlimm, aber wer weiß, was sie auf dem Land – insbesondere hier im Norden – darunter verstanden! Und bekanntlich bläht sich eine Sünde zur doppelten Größe auf, wenn sie gegenüber einem Kirchenmann geäußert wird.

»Na gut«, sagte er gereizt. »Von mir aus können Sie ihn benutzen, wenn Sie nicht ohne ihn auszukommen meinen.« Dann begann er, wie alle Menschen, die schnell nachgeben, ein paar Einschränkungen hinterherzuschicken, um das Gesicht zu wahren. »Aber sorgen Sie dafür, dass er an den Sonntagen in einem ordentlichen Zustand ist, und Sie denken doch natürlich immer daran, dass Sie sich an einem geweihten Ort befinden? Sie *sind* doch ein Kirchgänger?«

O ja, sagte ich, er könne sich auf mich verlassen. Ich bemerkte, dass er nach einer möglichen Zweideutigkeit in meiner Bemerkung fahndete, sich fragte, in Bezug auf was genau er sich auf mich verlassen könne. Seiner Miene nach in Bezug auf gar nichts. Ich sah nicht wie ein Kirchgänger aus. In der Tat sah ich eher wie eine zwielichtige Person aus, die Dinge widernatürlich gebraucht und die, entgegen seinem Rat, unnötigerweise angeheuert worden war, ein Wandgemälde freizulegen, das er gar nicht sehen wollte, und je früher ich mit meiner Arbeit fertig wäre und wieder im Sündenpfuhl London verschwinden würde, umso besser.

»Er ist sehr ungewöhnlich«, sagte ich.

»Wie bitte?«

»Dieser Ofen«, sagte ich. »Wirklich sehr ungewöhnlich.«

»Hoffnungslos veraltet«, erwiderte er. »Vor dem nächsten Winter werde ich ihn entfernen lassen. Ich habe eine neu patentierte Vorrichtung mit doppeltem Heizkessel in einem Katalog gesehen. Jeder Kessel ist in einen Wassermantel eingebettet, sodass ständig für zuverlässige Hitzezufuhr gesorgt ist. Und der Ofen ist garantiert geräuschlos.«

Mit einem Mal klang er wie ein anderer Mensch, während er sich so fachmännisch über diesen neuartigen Ofen ausließ, den Oxgodby vermutlich nie zu Gesicht bekommen würde.

»Dieser hier ist entweder zu heiß, nicht selten sogar glühend heiß, oder er hält nur sich selbst und niemanden sonst warm.« Verärgert gab er ihm einen kleinen Tritt. Er und der Ofen starrten einander finster an wie zwei Erzfeinde.

Gut möglich, dass er noch etwas sagte, aber ich hörte ihm schon nicht mehr zu, da ich mich darangemacht hatte, den

Ofen mit großem Interesse zu untersuchen. Gewisse mechanische Dinge faszinieren mich. Bis zu diesem Tag waren es vor allem Uhren gewesen und alles, was von einem Uhrwerk betrieben wurde. Über die technischen Raffinessen eines Kohleofens hatte ich mir indes noch nie Gedanken gemacht. Es gab mehrere Griffe und Knöpfe, für die ich keinen Verwendungszweck erkennen konnte: Dieses Monstrum würde mir gewiss etliche vergnügliche Stunden bescheren, in denen ich seine Marotten kennenlernen würde, und ich hoffte, dem Pfarrer möge es nicht gelingen, es entfernen zu lassen, solange ich noch hier war. Ich streichelte besänftigend die Stelle, die der Pfarrer zuvor so schnöde gestoßen hatte. Wenn man dem Ofen gut zuredete, konnte man ihn unter der verständigen Mithilfe von Mossop (wer immer das war) womöglich dazu bringen, seine ganze zerstörerische Wirkkraft zu entfalten, um eine Predigt über die Flammen der Hölle perfekt zu machen.

Der Ofen besaß ein großes Wappenschild, umkränzt von schmiedeeisernen Rosen, dem zu entnehmen war, dass die Bankdam-Crowther-Gesellschaft in Green Lane, Walsall, ihn unter der Patent-Nr. 7564B gefertigt hatte. Wenn das nicht ein Stammbaum war, der Wunder versprach! Ja, es war mehr als nur ein Stammbaum – eine ganze Dynastie … Bankdam-Crowther, die Habsburger in der Welt der Öfen! Weiß der Himmel, was aus Bankdam geworden war, aber ich erinnerte mich, in der *Daily Mail* gelesen zu haben, dass sich Crowther die Kehle durchgeschnitten hatte, ehe er sich vom Pier in Bridlington stürzte, um auch wirklich auf Nummer sicher zu gehen. Aber das hatte natürlich absolut nichts mit seinen Öfen zu tun: Frauen und Pferde waren es gewesen, die er nicht verstanden hatte. Diese Geräte wurden also nicht mehr hergestellt. Ein entsetzlicher Verlust für all jene Regionen der Erde, die eines wärmenden Kohlefeuers bedurften. In der Tat hatte ich den letzten seiner Art in Ypern gesehen. Nach einer Granatexplosion war die Kirche, in der er sich befand, zusammengestürzt. Nicht jedoch der gute alte Bankdam-Crowther! Was für eine großartige Errungenschaft der britischen Handwerkskunst!

Der Regen trommelte aufs Dach. »Was haben Sie genau gegen ihn?«, fragte ich.

»Er rumpelt«, erwiderte der Pfarrer ungeduldig, »und stört die Gebete und Gesänge: Die hohlköpfigen Kinder scheinen das lustig zu finden. Und dann kommt es immer mal wieder zu einem Rückstoß, und wenn er … nun, eben zurückstößt, entlädt er – Rauch, Funken, Asche … ja, Asche, er sprüht Asche auf die Kirchengemeinde. Es gab schon mehrere Beschwerden. Während des Gesangs in der Abendandacht am 15. Januar dieses Jahres wurde sogar der Chor mit Asche eingestäubt. Und nicht nur ein paar Flocken! Eine ganze Aschewolke! Ich habe eigens einen Spezialisten aus York kommen lassen, um ihn sich anzuschauen. Er hat uns eine Guinee dafür berechnet und gesagt, der Ofen werde uns von nun an keine Probleme mehr bereiten. Aber kaum einen Monat später hat er es wieder getan. Erst in letzter Zeit scheint er ein bisschen zur Ruhe gekommen zu sein; ich weiß, ich kann mich auf Sie verlassen, dass Sie nichts tun werden, was an diesem Zustand etwas ändert.«

In Wahrheit dachte er, dass er sich keineswegs auf mich verlassen konnte. Ich sah durch und durch unzuverlässig aus; mein Mantel verriet mich. Mein Gesicht, die linke Hälfte, ebenfalls. Wie dieser Bankdam-Crowther neigte sie zu krampfartigen Zuckungen. Menschen wie Reverend Keach riefen es geradezu hervor. Es begann bei meiner linken Augenbraue und setzte sich bis zum Mund fort. Ich hatte es mir in Passchendaele eingehandelt und war damit nicht der Einzige. Die Ärzte meinten, es würde sich mit der Zeit wieder legen. Dass Vinny davongelaufen war, hatte es auch nicht gerade besser gemacht.

Ja, antwortete ich, er könne sich auf mich verlassen, und setzte eine, so hoffte ich, vertrauenswürdige Miene auf. Während meine eine Gesichtshälfte in eine andere, unzuverlässige Richtung zuckte, musste ich wohl einen erschreckenden Anblick abgegeben haben, denn er versetzte dem Ofen einen weiteren Stoß – diesmal aus Verlegenheit.

»Nun …«, sagte er, »da wäre noch eine etwas delikate Angelegenheit.« Sie musste anscheinend äußerst delikat sein, denn er senkte die Stimme. »Sollten Sie … wenn Sie ein gewisses Bedürfnis verspüren, können Sie die Hütte in der nordöstlichen Ecke des Friedhofs benutzen. Dort sind Sie ganz für sich – sie ist hinter ein paar Fliederbüschen verborgen. Als ich zuletzt dort nach dem Rechten gesehen habe, gab es nur ein paar von Mossops Werkzeugen, aber dort ist Platz genug. Wenn Sie so nett wären, einmal pro Woche ein bisschen Keating's Insektenpulver und eine Schaufel Erde hineinzugeben – um die Fliegen in Schach zu halten, Sie wissen schon.«

Diese Information loszuwerden musste ihn eine große Anstrengung gekostet haben, und er legte eine Pause ein, um die Kraft für ein weiteres Geständnis zu sammeln.

»Die Sense«, sagte er.

»Die Sense?«

»Mossops Sense hängt dort an einem Nagel. Er ist rostig. Der Nagel.«

»Ah ja.«

»Vielleicht sollten Sie sicherstellen, dass sie fest dort hängt, bevor …«

Ich dankte ihm und fragte mich insgeheim, ob er sich um mein Leben sorgte oder nur um meine Männlichkeit.

»Ich habe Moon gesagt, er kann es ebenfalls benutzen. Um welche Epoche handelt es sich, würden Sie schätzen?«

Das Plumpsklo konnte er wohl nicht meinen, beschloss ich, also nahm ich an, er beziehe sich auf den Ofen, und sagte: »Oh, 1890 … 1900 herum … ungefähr in diesem Zeitraum«, und fragte mich, wer Moon, mein geheimer Mitbenutzer, wohl sein mochte.

»Nein, nein«, rief er irritiert aus. »Das Gemälde … das Wandbild …«

Ich erklärte ihm, dass ich das nicht sagen könne, bevor ich nicht wenigstens einen Teil freigelegt hätte. Anhand der Kleidung der Porträtierten würde ich es auf zehn bis zwanzig Jahre genau datieren können; die Mode ändere sich auch bei den Wohlhabenden nicht so schnell, und bei den Armen so gut wie gar nicht, und ich hoffte, dass ein, zwei reiche Damen abgebildet sein würden. Das Schlupfkleid, die Cotte, zum Beispiel sei um 1340 außer Mode gekommen, während gleichzeitig Haarnetze aufgekommen seien. Aber wenn er eine grobe Schätzung von mir haben wolle – und mehr als das sei nicht möglich –, dann würde ich auf das vierzehnte Jahrhundert tippen, die Zeit nach dem Schwarzen Tod, als sich die überlebenden Adeligen zu skandalös niedrigen Preisen die Güter ihrer verstorbenen Nachbarn angeeignet und, weil sie selbst auch um ihr Leben fürchteten, einen Teil des Profits geopfert hatten.

Seine Erwiderung war ziemlich belanglos, und vielleicht

war das mit ein Grund, warum es mir schwerfiel, ihm zuzuhören. Aber auch seine Stimme wirkte sich irgendwie lähmend auf mein Denken aus, sodass ich einen Großteil dessen, was er sagte, gar nicht mitbekam (vielleicht brütete ich über den geheimnisvollen Moon und Mossops Damokles-Sense).

»Wann werden Sie beginnen?«

Das schnappte ich allerdings auf. Hier war ich – und ich hatte schon begonnen. Diese Antwort war wirklich einfach. Dann hörte ich ihn sagen: »Zusätzliche Kosten werden wir nicht übernehmen.«

»Es wird keine geben.«

»Es darf keine geben. Sie haben einem Honorar von fünfundzwanzig Guineen zugestimmt – zwölf Pfund, zehn Shilling ungefähr nach der Hälfte und dreizehn Pfund, fünfzehn Shilling nach Fertigstellung und Annahme durch die Testamentsvollstrecker. Hier habe ich Ihren diesbezüglichen Brief.«

»Warum nur durch die Testamentsvollstrecker?«, fragte ich. »Warum nicht auch durch Sie?« Ein raffinierter Zug von mir, wie ich fand.

»Ein Versäumnis von Miss Hebron in ihrem Vermächtnis«, log er, und seine Stimme klang verbittert. »Ein Versehen, natürlich.«

Gewiss, dachte ich. Natürlich!

Aber er holte zum Gegenschlag aus. »Wie auch immer, in allen praktischen Angelegenheiten vertrete ich die Testamentsvollstrecker. Ich habe nichts dagegen, wenn Sie es ausbessern … verblichene Stellen … oder gar verschwundene Teile … ergänzen Sie sie ruhig. Solange es angemessen ist und mit dem Rest harmoniert. Aber ich überlasse das Ihnen«, fügte er skeptisch hinzu.

Unglaublich!, dachte ich. Warum bloß waren so viele Pfarrer so? Musste man ihr mangelndes Feingefühl damit entschuldigen, dass sie ganz und gar von Gott in Anspruch genommen waren? Und was war mit ihren Ehefrauen? Ob sie zu Hause, ihnen gegenüber, genau so waren?

»Aber natürlich kann man sich nicht sicher sein, dass überhaupt etwas da ist«, sagte ich und versuchte, einen vertraulichen Ton anzuschlagen.

»Natürlich ist da etwas. Wenngleich ich gegenüber Miss Hebron gewisse Vorbehalte hege (über die ich nicht sprechen möchte), aber dumm war sie bestimmt nicht. Sie ist eine Leiter hochgestiegen und hat einen Flecken freigekratzt, bis sie fündig wurde.«

Du lieber Himmel, wie furchtbar! »Wie groß war der Fleck?«, fragte ich stöhnend und ein wenig hysterisch, während ich entsetzt auf die finstere Wand über dem Chorbogen starrte (und meine linke Wange wie verrückt zuckte).

»Einen Kopf hat sie freigelegt, glaube ich«, sagte er. »Aber bestimmt nicht mehr als zwei.«

Einen Kopf! Vielleicht auch *zwei*! Wahrscheinlich ein halbes Dutzend Köpfe! Bestimmt hatte sie Schmirgelpapier und eine Drahtbürste benutzt. Ich verspürte den Impuls, die Leiter hochzustürmen und meinen eigenen Kopf gegen die Wand zu schlagen.

»Dann hat sie die Stelle wieder übertüncht«, fuhr er fort, ziemlich unbeeindruckt angesichts meiner Verzweiflung. »Und damit Sie es wissen: Dieser Auftrag, mit dem man Sie betraut hat, genießt keineswegs meine Zustimmung. Aber das haben Sie zweifelsohne längst erraten – sofern Sie in meinen Briefen zwischen den Zeilen gelesen haben. Die Sache wäre nie so weit gediehen, hätten die Testamentsvollstrecker nicht eine so unvernünftige Haltung eingenommen, als ich sie um ihre Zustimmung bat, die fünfundzwanzig Guineen einem anderen Zweck zuzuführen, und sich nicht so stur geweigert, Miss Hebrons Vermächtnis über tausend Pfund für unsere Kirchenstiftung auszuzahlen, bevor sämtliche Bedingungen ihres Letzten Willens erfüllt sind.«

Wieder spähte ich forschend in die Dunkelheit über mir. Wie hatte sie wissen können, dass es da war? Aber was, wenn bis auf die Köpfe nichts mehr übrig war? Wenn jedoch Keach, ganz offensichtlich ein notorischer Zweifler, glaubte, dass da etwas war, dann musste es auch so sein. Mir schoss der Gedanke durch den Kopf, dass er vielleicht ebenfalls versuchsweise herumgekratzt hatte.

»Die Menschen werden es ungehindert betrachten können«, sagte er in anklagendem Ton.

»Es?«, fragte ich. »Es?«

»Was immer es ist«, erwiderte er barsch und ließ den Blick die Leiter hinaufgleiten. »Es wird sie von ihrer Andacht ablenken.«

»Nur für kurze Zeit«, sagte ich. »Die Menschen werden der Farben und Formen schnell überdrüssig, die sich an der immer gleichen Stelle befinden. Außerdem glauben sie, sie hätten noch alle Zeit der Welt, was natürlich nicht stimmt, und dass sie eines Tages unter der Woche wiederkommen werden, um sich das Kunstwerk in Ruhe anzusehen.« Ich hätte »wir« sagen sollen – ich bin genauso.

Ich glaube fast, er überlegte tatsächlich, ob meine Argumentation Hand und Fuß hatte, ehe er sie für sich abtat. Dann ging er. Er hatte mir nicht gesagt, wer Moon war. Vielleicht würden wir uns ja hinter den Fliederbüschen begegnen.

Erneut stieg ich die Leiter hinauf und hüpfte ganz vorsichtig ein paar Mal auf der Gerüstplattform auf und ab; sie machte einen lobenswert robusten Eindruck. Dann kontemplierte ich angesichts der ausgedehnten Wand vor mir. Ja, »kontemplierte« – ein passenderes Wort gibt es nicht: Es war ein feierlicher Moment. Sie erstreckte sich (das heißt die Wand) oben bis zu den Dachbalken und seitlich und abwärts bis zum Rand des Chorbogens. Wie ein Blinder fuhr ich mit beiden Handflächen über die Oberfläche, bis ich die Stellen fand, die übertüncht worden waren. Wir sind von Natur aus hoffnungsvolle Geschöpfe, stets bereit, von Neuem betrogen zu werden, voll banger Erwartung, welches Wunder sich *möglicherweise* in einem braunen, auch noch so schmuddeligen Packpapierpaket verbirgt.

Aber ich *wusste,* dass es da war. Und ich wusste, es war das Jüngste Gericht. Es musste das Jüngste Gericht sein, weil es sich immer an exponierter Stelle befand, dort, wo die Gemeindemitglieder nicht umhinkamen, die gottgewollten entsetzlichen Dinge anzuschauen, die ihnen widerfahren würden, wenn sie ihren Kirchenzehnten nicht herausrückten oder das Mädchen nicht heirateten, das sie geschwängert hatten. Dort würden der Erzengel Michael sein, der Gut und Böse gegeneinander abwägt, Christus in seiner Herrlichkeit als Richter und, ganz unten, das ewiglich brennende Feuer – eine wahrhaft grandiose, prachtvolle Darstellung einer biblischen Massenszene. Vielleicht wäre ich besser gefahren, hätte ich eine Pro-Kopf-Entlohnung ausgehandelt.

Ich war so aufgeregt, dass nur die Dunkelheit mich davon abhielt, augenblicklich loszulegen. Was für ein Glück! Mein erster Auftrag … nun, mein erster eigenständiger Auftrag. Ich sollte ihn besser nicht vermasseln, dachte ich, die

Bezahlung ist zwar miserabel, aber ich werde schon irgendwie über die Runden kommen und dann etwas haben, was ich zukünftigen Kunden vorweisen kann. Und ich wollte, dass es etwas Gutes wäre, etwas Famoses, wirklich Erstaunliches. Wie Stoke Orchard oder Chalgrove. Etwas, was die *Times* zu einer Erwähnung veranlassen würde und die *Illustrated London News* gar zu einem detaillierten Bericht (mit Abbildungen).

Ich stieg wieder vom Gerüst herab und die Glockenturmleiter hinauf, doch bevor ich meine Öllampe löschte, begab ich mich ans Fenster und blickte durch die Dunkelheit zu den verstreuten Lichtern des Dorfs, die im Regen glitzerten. Gut, dachte ich, das hier ist für die nächsten paar Wochen mein Zuhause; und ich kenne keine Menschenseele, und niemand kennt mich. Ich hätte ebenso gut ein Marsmensch sein können. Nein. Das stimmte schon nicht mehr. Ich kannte Reverend Keach, wusste wahrscheinlich alles von ihm, was ich je von ihm zu wissen brauchte. Und den Stationsvorsteher; hatte er mich nicht sogar zum Tee eingeladen? Im Grunde wartete alles, was in Oxgodby Rang und Namen hatte, samt den Gebrüdern Mossop und Moon, auf seine Chance, mich kennenzulernen. Ich war bereits zu Jemandem geworden – binnen weniger Stunden. Fabelhaft!

In dieser Nacht schlief ich zum ersten Mal seit vielen Monaten wie ein Toter und erwachte früh am nächsten Morgen. In der Tat schlief ich auch in all meinen folgenden Oxgodby-Nächten kaum länger als bis zur Morgendämmerung. Die Arbeit war ermüdend – ich war fast den ganzen Tag auf den Beinen, aß oftmals sogar im Stehen –, und nachts gab es dort oben auf meinem Dachboden hoch über den Wiesen und Feldern und fern der Straße, zu weit entfernt, als dass Stimmen zu hören gewesen wären, nichts, was mich störte. Wenn ich manchmal für einen Moment erwachte, hörte ich eine Füchsin am Rand eines entfernten Waldes heulen oder den Schrei einer kleinen Kreatur, die in der Dunkelheit von einer größeren erhascht wurde. Abgesehen davon nur die typischen Geräusche eines alten Gebäudes, ein Erzittern des Seils, das vom Glockenstuhl herab und durch ein Loch im Boden nach unten verlief, ein Knarren im Dachgebälk, Stein, der sich selbst nach fünfhundert Jahren noch immer setzte …

Während meiner Wochen dort oben hatte ich nur zwei schlechte Nächte. Einmal, als ich träumte, dass der Turm zusammenstürzte, und ein andermal, dass ich im Maschinengewehrfeuer voranrobbte, weit und breit keine Kuhle, in die ich mich retten konnte, sodass ich immer weiter durch den Morast kriechen musste, der sicheren Verstümmelung, dem Tod entgegen. Meine Schreie stimmten in die der nächtlichen Kreaturen ein. Nun, es gab eine dritte schlaflose Nacht, aber die ereignete sich sehr viel später und aus einem ganz anderen Grund.

An meinem ersten Morgen rollte ich meine Decke zusammen und begab mich, darauf bedacht, nicht das Glockenseil zu berühren, ans Südfenster, um meinen Mantel abzunehmen, den ich davorgehängt hatte, damit kein Regen hereindrang. Es war ein einfaches zweiteiliges Fenster, natürlich unverglast, mit einem schlichten Mittelpfosten, der stark genug war, dass ich mich dagegenlehnen konnte. Der Regen hatte aufgehört, und Tau glitzerte auf dem Friedhofsgras, Spinnweben schwebten in der sanften Brise, ein Amselpaar pickte nach Insekten, eine Drossel sang, und ich konnte sie im Geäst einer der Eschen ausmachen. Und dahinter lag die Wiese (mit einem in der Nähe eines Bachs aufgeschlagenen Rundzelt), die ich auf meinem Weg vom Bahnhof überquert hatte, und weitere Weiden und Felder erstreckten sich bis zu einer dunklen Bergkette in der Ferne. Und während es hell wurde, entfaltete sich vor mir eine weite, grandiose Landschaft. Ich wandte mich ab; es war ungemein befriedigend.

Dann packte ich meinen Proviant aus – Tee, Margarine, Kakao, Reis, einen Laib Brot – und dachte, dass ich mir irgendwo ein paar verschließbare Dosen borgen sollte, um die Sachen luftdicht aufzubewahren. Ich half meinem Ofen mit etwas Brennspiritus auf die Sprünge, briet dann ein paar Speckscheiben und machte mir ein dickes Sandwich. Es war angenehm, auf den Brettern zu sitzen, den Rücken an die Wand gelehnt, denn auch in dieser Position konnte ich durch das Fenster die Berge sehen, die sich wie der Rücken eines großen Meereswesens erhoben und deren bewaldete Flanken dunkel zum Tal hin abfielen.

Und dann, so wahr mir Gott helfe, überkam mich in diesen ersten Minuten meines ersten Morgens in Oxgodby das Gefühl, dass dieser nördliche Landstrich mir gar nicht feindlich, sondern wohlgesinnt sei, dass mein Leben eine entscheidende Wende genommen habe und dass mir dieser Sommer des Jahres 1920, der tatsächlich so strahlend bleiben sollte, bis die ersten Blätter fielen, eine glückliche, gesegnete Zeit bringen würde.

Ich sagte mir, es sei mir gleich, wie lange mich diese Arbeit in Anspruch nehmen würde – den restlichen Juli, August, September, ja, von mir aus auch den ganzen Oktober hindurch. Ich würde glücklich sein, bescheiden leben und meine Ausgaben auf das Nötigste beschränken – Paraffin, Brot, Gemüse und hin und wieder ein bisschen Corned Beef. Normalerweise wäre ich mit zwei Krügen Milch pro Woche ausgekommen, aber bei diesem Wetter würde sie sich nicht lange halten und ich würde drei davon benötigen; Haferbrei ist sehr nahrhaft und muss nur aufgewärmt werden, und schon hat man eine zweite Mahlzeit. Also rechnete ich mir aus, ich würde in Anbetracht der Tatsache, dass ich keine Miete zahlen musste, bequem mit fünfzehn Shilling pro Woche auskommen, vielleicht sogar mit nur zehn oder zwölf. In der Tat würden sich die fünfundzwanzig Pfund, auf die ich mich mit meinen Auftraggebern geeinigt hatte, vielleicht so lange strecken lassen, bis mich das kalte Wetter in mein Winterquartier nach London zurückscheuchen würde.

Das Wunderbare war indes, dass ich in dieser Oase des Friedens gelandet war und mir einen Sommer lang über nichts anderes den Kopf zerbrechen müsste, als dieses Wandgemälde freizulegen. Und wer weiß, vielleicht könnte ich anschließend einen Neuanfang machen und vergessen, was der Krieg und die Streitereien mit Vinny bei mir angerichtet hatten, und ein neues Kapitel in meinem Leben aufschlagen. Das war es, was ich brauchte, dachte ich – einen Neuanfang, und hinterher würde ich vielleicht kein allzu Versehrter mehr sein.

Nun, die Hoffnung hält uns aufrecht.

Es gab ein zweites Fenster in der Turmkammer; ich hatte es bereits am vorigen Abend bemerkt. Davor hing eine Art Sackleinen, daher hatte ich angenommen, dass sich dahinter eine Öffnung verbarg. Jetzt zog ich es weg.

In all den Jahren musste ich in Dutzenden, wenn nicht gar Hunderten Kirchen herumgestöbert haben, aber wissen Sie, noch nie hatte sich mir ein so unglaublicher Anblick geboten wie in dem Moment, als ich dieses Stück Sackleinen zur Seite zog. Vor mir, direkt vor meiner Nase, befand sich eine Säule, ein Baluster, ein wuchtiger angelsächsischer Baluster. Ich lachte. Obgleich ich noch nie einen echten zu Gesicht bekommen hatte, erkannte ich sofort eines jener Exemplare, die im guten alten *Banister-Fletcher* abgebildet waren, unsere Bibel damals in Miss Witherpens Unterricht über Englische Architektur. »Zeichnet einen Baluster«, hatte sie uns immer wieder gemahnt. »Haltet euch nicht mit hübschen korinthischen Säulen auf, sondern zeichnet einen englischen Baluster.« (Ich kann es noch heute.)

Und nun hatte ich einen vor mir – einen massigen Steinkorpus mit doppelten Rillen oben und unten. »Los, zeichnet einen Baluster!« Wäre ich Joseph Conrad gewesen, hätte ich zu einer Rede über das verlorene Land der Jugend angesetzt. Mein erster wirklicher Baluster! Und für die nächsten Wochen würde er faktisch mir gehören: Es war *mein* Baluster. Ich strich mehrmals zärtlich über seinen Bauch – einmal für Banister, einmal für Fletcher und einmal für alle Handwerker dieser Welt, jene, die längst tot waren, und jene wie mich, die noch lebten.

Ich blickte ins Kirchenschiff hinab. Noch war es nicht hell genug, vor allem auf der Gerüstplattform unter dem Holzdach war es noch viel zu dunkel, um ans Werk zu gehen. Also stieg ich wieder hinab, um mich ausgiebig im Gebäude umzusehen. Im Großen und Ganzen war es mit seinen niedrigen Arkaden und den beiden breiten Seitenschiffen ein hübscher Bau, im Detail jedoch (mit Ausnahme meines Balusters natürlich) nicht besonders aufregend. An einer Wand gab es allerdings ein weiteres bemerkenswertes Kunstwerk – ein barockes Basrelief, das eine gut gebaute junge Dame zeigte, Laetitia Hebron, die züchtig ihr Leichentuch zusammenhielt, um ihre irdischen Reize zu verbergen, während sie aus ihrem Sarkophag kletterte. Das Ganze war 1799 von einem gewissen A. H. recht hübsch in Stein gemeißelt worden – dazu ein paar wohlgewählte Zeilen von ihrem jungen Gatten. Nun, jedenfalls hoffte ich, sie waren von ihm und er hatte sie nicht aus irgendeinem Vorlagenkatalog für Inschriften. Sie waren natürlich auf Latein, aber ihr Sinn erschloss sich mir dennoch.

Conjugam optima amantissimam et delectissimam
Meiner über alles geliebten, entzückendsten Gattin

Und in diesem Stil ging es weiter in den elf folgenden Versen, in denen er ihre unvergleichlichen Vorzüge aufzählte, ehe er ihr im zwölften und letzten Vers in einem einzigen Wort Lebewohl sagte – *Vale.*

Ich besah mir Laetitia eingehender, nachdem ihr ein so gutes Zeugnis ausgestellt worden war. Ihr eng um den Körper geschlungenes Leichentuch hob ihre Vorzüge hervor. Und sie hatte ein freundliches Gesicht, die Lippen zu einem schelmischen Lächeln verzogen, »*Conjugam optima amantissimam et delectissimam …*« Nun, er hatte recht. Er hatte mehr Glück gehabt als ich.

Schließlich schaffte ich meinen Werkzeugkasten die Gerüstleiter hinauf und breitete meine Utensilien griffbereit aus – ein Skalpell (um die Kalktünche zu entfernen), ein Glas mit alkoholischer Salzsäurelösung, verschiedene Bürsten, Trockenfarben, ein Glas destilliertes Wasser zur Verdünnung von Ammoniak … Das meiste davon hatte Joe Watterson an mich weitergegeben, als er verkündete, seinen letzten Auftrag erledigt zu haben, und mir viel Glück wünschte.

»Es ist ein Handwerk, mein Junge«, hatte er gesagt. »Und zwar ein verdammt gefährliches und miserabel bezahltes, aber wenn ein Handwerk etwas ist, das nicht allzu viele Männer beherrschen, dann ist das, was wir machen, wirklich eins.« Und er lachte dabei mokant in seinen Bart hinein. »Deswegen sind wir ja auch so gut wie ausgestorben; es gibt nur noch euch zwei, und George Peckovers Augenlicht ist mittlerweile so schlecht, dass er über kurz oder lang von der Leiter fallen wird. Dann wirst du konkurrenzlos diesen Hungerleiderberuf ausüben können.«

Ich bewegte mich vorsichtig auf meinem neuen Terrain. Direkt über meinem Kopf verlief der Kiel des Dachs, der in der Turmmauer mündete; die Knotenpunkte waren mit drei außergewöhnlichen Scheitelsteinen geschmückt, deren ursprüngliche Farbe sich dank der in der Abgeschiedenheit hoher Dächer nistenden Düsternis erhalten hatte. Diese drei Ornamente bildeten eine prachtvolle mittelalterliche Galerie – das mir am nächsten stellte das beinahe spanisch anmutende Haupt des leidenden Christus dar, verfangen im Laub eines römischen Galgenbaums; das danach zeigte einen schwarzen Teufel, der grinsend den Kopf zwischen ein Liebespaar schiebt, das in flagranti im falschen Bett erwischt wurde; und das dritte schließlich bildete eine dralle Frau mit einem blauen Lilien-Wappenschild ab. Es bewies, was jeder weiß, der gern in alten Kirchen herumkriecht: Auch in den noch so unscheinbaren gibt es immer wieder etwas höchst Interessantes zu entdecken.

Mit einem Mal ging knarrend die Tür auf, und ein mittelgroßer, stämmiger Kerl spähte zu mir herauf, sah mich abschätzend an, als wollte er mit einem Blick so viel wie möglich erfassen. Er hatte ein selbstsicher wirkendes rundes Gesicht und blaue, wissende Augen. »Guten Morgen«, sagte er. (Seine hohe Stimme war von außergewöhnlicher Klarheit.) »Guten Morgen! Ich bin Charles Moon«, und er zog einen eingedrückten Tweedhut von seinem zerzausten blonden Haar. »Ich bin sozusagen Ihr Nachbar und grabe nicht weit von hier. In der Wiese. Vielleicht haben Sie schon mein Zelt gesehen? Ich wollte Sie eigentlich erst einmal in Ruhe lassen, *musste* aber einfach herkommen und Sie mir anschauen. Nun, auch deswegen bin ich hier, aber vor allem, weil mir in der Früh meine steifen Beine keine Ruhe lassen und ich es mir zur Gewohnheit gemacht habe, in die Kirche hinüberzustapfen und nachzusehen, ob es Laetitia in der vergangenen Nacht gelungen ist, herauszuklettern.« Er machte eine vage Handbewegung zum südlichen Seitenschiff.

»Warten Sie, ich komme hinunter.« Gesagt, getan. Er war sieben- oder achtundzwanzig, ein stämmiger, untersetzter Mann, der wie am Boden angewachsen dastand. Und sein »Hilf mir, o Gott, mir reicht das Wasser schon bis an die Kehle«-Ausdruck verriet mir, dass wir viel gemeinsam hatten, noch bevor ich die drei Löcher in den Schultern seiner Uniformjacke entdeckte, wo sich seine Hauptmanns-Abzeichen befunden hatten.

Ich mochte ihn von Anfang an: Er war sich selbst genug. Und er mochte mich (was bekanntlich immer hilft). O Gott, wie viele Jahre das alles her ist, längst vergangen und vorbei. Die aufgeregte Vorfreude und der Stolz auf diesen ersten Auftrag, Oxgodby, Kathy Ellerbeck, Alice Keach,

Moon, dieser herrliche Sommer – vorbei, als wären sie nie gewesen.

Gemeinsam gingen wir in den Sonnenschein hinaus und lehnten uns über die Mauer. Ich fragte ihn, ob er lange zu bleiben gedenke, und er deutete auf sein Zelt. »Bis der Frost mich vertreibt. Ich hoffe, hier genügend sparen zu können, um im kommenden Winter zur Ausgrabungsstätte nach Ur in Mesopotamien reisen zu können. Der Archäologe Woolley ist dabei, die Zikkurat, Sie wissen schon, diesen Tempelturm, freizulegen: Wenn ich auftauche, stellt er mich bestimmt ein.«

Später sollte ich herausfinden, dass das typisch für Moon war – sein fester, treuherziger Glaube, dass alles gut werden würde. »Woolley stellt mich bestimmt ein!« Klar würde er das. Und wenn man Moon so reden hörte, hatte man unwillkürlich diese fantastische Vision, wie er an der Abzweigung nach Ur aus dem einmal täglich verkehrenden Zug von Basra nach Bagdad ausstieg – drei Hütten und kein Bahnsteig –, sich zu Fuß über Steine und Sand weiter durchschlug und rief: »Hier bin ich. Wir sind uns noch nie begegnet, Sie kennen mich also nicht. Mein Name ist Charles Moon. Welche Arbeit haben Sie für mich?«

Ich fragte ihn, wonach er denn grabe. Er lachte. »Nun, offiziell nach dem Grab von Miss Hebrons Vorfahren, eines gewissen Piers Hebron, gestorben 1373. Miss Hebron hat einen Hinweis auf seine Exkommunikation entdeckt und beschlossen, er müsse außerhalb des Friedhofs beerdigt worden sein. Ich solle ihn finden oder jedenfalls nach ihm suchen. Sie hat fünfzig Pfund bereitgestellt, um ihn einfrieden zu lassen.« Moon spulte die Details herunter, als interessierten sie ihn nicht.

»Keine Knochen, keine Kohle?«

»Du lieber Himmel, nein. Ich bin kein Knochenjäger. Der Vertrag besagt, dass ich ›über einen angemessenen Zeitraum hinweg einen angemessenen Aufwand‹ betreiben muss. Und die Testamentsvollstrecker meinten, dass sie mit drei oder vier Wochen zufrieden wären und ich mir keine grauen Haare wachsen lassen solle, wenn nichts zum Vorschein komme.«

»Und rechnen Sie tatsächlich damit, sie … ihn zu finden? Ich meine, er kann überall liegen. Und haben Familien wie die Hebrons den Dorfpfarrer nicht nach ihrer Pfeife tanzen lassen? Wahrscheinlich ist er in bester Lage direkt unter dem Altar bestattet.«

Moon schmunzelte. Viel später sollte ich mich daran als ein Lächeln der altmodischen Art erinnern (wie man es in dieser Gegend nannte). »Nun«, sagte er, »vielleicht haben Sie recht«, und machte eine vage Handbewegung, die nicht nur die Wiese, sondern das ganze Pfarreigelände einschloss. »Genau das habe ich dem alten Knaben auch gesagt. Der alte Knabe? Nun, Miss Hebrons Bruder, der Colonel … nein, nein, im Burenkrieg. Und er hat verstanden, worauf ich hinauswollte. ›Verdammt, Sie haben recht, Moon. Genau das Gleiche habe ich Addie auch gesagt. Das ist doch Unsinn, Addie, habe ich gesagt. Sie könnten überall sein. Vielleicht sind es diese Knochen, die Mossop beim Gurkenspalier ausgegraben hat. Würde auch keinen Unterschied machen. Aber sie kam immer wieder mit dieser alten Geschichte daher – *Ich würde meinen, ich kann mein Geld ausgeben, wie es mir beliebt, Ted. Ich hinterlasse dir ohnehin mehr, als du je brauchen wirst.* Dieses starrköpfige, törichte Weibsbild!‹«

Moon kicherte in sich hinein. »Es ist ein Jammer, dass

ich sie nicht mehr kennengelernt habe«, sagte er und tastete in der Jacke nach seiner Brieftasche. »Schauen Sie, hier ist ein Schnappschuss von unserer Wohltäterin: Mossop hat es mir geliehen. Das Foto ist leider ein bisschen verblichen.«

Mit allergrößtem Interesse besah ich mir Miss Adelaide Hebron; meine erste Arbeitgeberin! Sie war eine Frau mit länglichem Kopf, das blonde Haar streng zurückgekämmt, ein Mundwinkel – die Andeutung eines zynischen Lächelns – leicht nach oben gezogen, helle Augen, zierliche Nase. Gegen dieses Generalfeldmarschallsgesicht hatte ein Colonel, noch dazu einer aus dem Burenkrieg, sicher nicht die geringste Chance gehabt.

»Ich kann mich des Gefühls nicht erwehren, dass ich es mit ihr gut getroffen habe«, sagte Moon. »Ich glaube, sie würde verstehen, warum es mir schnuppe ist, ob ich den armen Teufel ausgrabe oder nicht. Schade, dass sie die Geldsumme erst für die Zeit nach ihrem Tod ausgelobt hat: Ich hätte ihre tägliche Inspektion vermutlich sehr genossen.«

»Nun, wenn Sie es so sehen – ich meine, wenn Sie sich nichts aus dieser Arbeit machen –, warum sind Sie dann hergekommen?« Ich musste es fragen: Für mich grenzte es fast an Betrug.

»Weil ich gleich gesehen habe, was hier ist«, erwiderte er, als erstaunte es ihn, dass ich es nicht auch gesehen hatte. »Nun, vielleicht stimmt das nicht ganz. Ich sollte wohl besser sagen, ich habe erkannt, was hier möglicherweise ist. Deswegen ließ ich mich erst auf den Handel ein, nachdem mich ein Kumpel von den Royal Flying Corps in seiner alten *Springbag* hergeflogen hat. Alles selbstverständlich inoffiziell. Wir kamen spätabends hier an. Die ideale Tageszeit, um zu sehen, was sich anno dazumal zugetragen hat …

Und ich hatte recht; ich erkannte ziemlich deutlich – eine Basilika. Wenn die Sachsen so etwas gehabt hätten, hätte man es »Kapelle« genannt. Vermutlich war sie zwischen 600 und 650 erbaut. Sehr, sehr früh, kann nicht lange nach den ersten großen Christianisierungsversuchen gewesen sein, weil sie mitten in einem früheren Friedhof steht. Natürlich nicht vergleichbar mit dem hier – tönerne Urnen, Hunderte davon; die Wiese ist ein einziges Scherbenfeld. Aber man braucht nicht zu hoffen, dass es zufällig jemand bemerkt.

Eigentlich sollte ich den offiziellen Stellen einen Hinweis geben. Und natürlich werde ich das auch tun. Aber nicht bevor ich die Fundamente des Gebäudes kartiert und Antworten auf zwei, drei Dinge gefunden habe, die mir Kopfzerbrechen bereiten. Die Einheimischen glauben noch immer, ich suche nach Knochen, und sie halten alle Steine, die sie finden, für die Überreste eines alten Kuhstalls. Ich erzähle es nur Ihnen, weil Sie es so oder so spitzgekriegt hätten, wo Sie sozusagen über mir wohnen.«

Nun, ich für meinen Teil hätte sicher nicht die Dreistigkeit besessen, mich für eine Arbeit bezahlen zu lassen, aber etwas ganz anderes zu tun!

»Ich habe keine Gewissensbisse deswegen«, fuhr er fort, als hätte er meine Gedanken gelesen. »Nicht die geringsten. Es ist noch zu früh, um mich nach Ur aufzumachen. Ich habe keine Familie, nur eine Schwester, mit deren Mann ich nicht gut auskomme. Nun, das stimmt nicht ganz; wir vertragen uns, aber er ist nicht mein Fall und umgekehrt genauso. Doch das ist nicht von Belang. Ich habe das Gefühl, Addies Geld einem guten Zweck zuzuführen. Wie auch immer, ich traue es ihr glatt zu, sie hat geahnt, dass das hier keine normale Wiese ist. Im Übrigen werde ich, wenn ich meine Erkundung abgeschlossen habe, noch immer Zeit haben, nach den alten Knochen herumzustochern. Allein um zu sehen, wie das Grab ausgesehen hat …«

In der Rückschau sollte mir klar werden, dass er, als wir uns dort unterhielten, längst wusste, wo genau er das Grab finden würde.

»Warum stehen wir eigentlich hier herum?«, sagte er. »Gehen wir doch zu mir, und ich brüh uns eine schöne Kanne Tee auf.«

Ich sagte, ich hätte bereits gefrühstückt.

»Ach, kommen Sie«, sagte er. »Mir können Sie nicht erzählen, Sie hätten dieses Zucken auf der Reise mit der North-Eastern Railway gekriegt, also können wir ebenso gut gleich damit beginnen, Geschichten über diesen verfluchten Ort des Grauens auszutauschen, an dem wir beide waren. Also kommen Sie und trinken Sie einen Becher Tee mit mir. Der Himmel weiß, dass wir uns beide mehr als einmal gefragt haben, ob wir je wieder die Gelegenheit dazu haben würden. Außerdem sind jetzt Sie an der Reihe, mir von *Ihrem* Auftrag zu erzählen!«

Und so schlenderten wir über seine magische Wiese hinüber zu seinem Zelt. Zu meinem Erstaunen war es über einem Erdloch errichtet. »So ist es besser isoliert«, sagte er. »Außerdem fühle ich mich an alte Zeiten erinnert: Seit damals haben es mir Gräben angetan. Sie oben auf Ihrer Leiter, ich unten in meinem Erdloch … wir sind beide Überlebende. Wie wär's, wollen wir heute Abend auf ein Glas ins Shepherds' Arms gehen, und ich mache Sie mit ein paar Einheimischen bekannt?«

Ich sagte weder Ja noch Nein, doch er schien verstanden zu haben, dass ich knapp bei Kasse war und dass dieser

Keach noch kein Geld herausgerückt hatte, denn er wiederholte seinen Vorschlag nicht. Stattdessen tätschelte er sein linkes Bein und sagte: »Ich habe Ihnen vorhin gesagt, dass ich nachts immer steife Glieder bekomme. Nun, das stimmt nicht ganz: Da sind noch einige Granatsplitter drin.«

Unterdessen hatte er Tee gemacht, und nachdem er zwei Becher voll eingeschenkt hatte, gingen wir zur Friedhofsmauer zurück. »Dort, zu Ihrer Linken, sehen Sie diese Absenkung? Nein? Macht nichts, glauben Sie mir einfach, es ist so; vielleicht würden Sie es erkennen, wenn das Gras kürzer wäre. Grob geschätzt misst es zwei Meter achtzig auf knapp einen Meter fünfzig, das kommt in etwa hin, und ein Teil davon befindet sich unter der Mauer. Was beweist, dass sie wiederaufgebaut wurde … die Mauer, meine ich … und zwar mehrmals.«

Er sah mich an. Offenkundig hatte ich nicht verstanden, worauf er hinauswollte. »Schauen Sie«, sagte er, »die Leute früher waren anders als wir. Sie haben ganz anders gedacht damals. Religion war Magie. Sie glaubten alles, was man ihnen sagte. Wenn die Seinen ihn nicht in der Kirche oder auf dem Kirchhof bestatten durften, dann wollten sie ihn wenigstens in der Nähe verbuddeln. Selbst wenn er von niedrigem Stand gewesen wäre, hätten sie es so gemacht. Außerdem wollten sie ihn nicht einfach wie eine tote Katze verscharren; ihm gebührte ein Steinsarg, und der ist sehr wahrscheinlich noch intakt.«

Er kratzte sich am Kinn und sah mich neugierig an. Dann grinste er.

»Wir sind uns sehr ähnlich«, sagte er. »Experten! Verdammt lästig!« Er setzte sich ins Gras und lehnte sich gegen die Mauer.

Inzwischen stand die Sonne schon recht hoch am Himmel, und jemand kam über die Wiese auf uns zu … vielleicht Keach, der nachsehen wollte, welche Fortschritte wir machten. Aber es war nicht Keach.

»Du lieber Himmel, es ist der Colonel!«, rief Moon aus. »Er läuft in der Gegend herum wie eine verlorene Seele. Nein, gehen Sie noch nicht. Warten Sie noch ein paar Minuten: Andernfalls folgt er Ihnen die Leiter hinauf, Sie werden schon sehen.«

Er war groß, mit nach vorn gebeugten Schultern, nachlässig gekleidet und schien einer dieser zerstreuten und irgendwie abwesenden Menschen zu sein, mit denen man keinen Kontakt herstellen konnte und die einem erst gar nicht zuhörten. Aber vielleicht war er einfach nur extrem schüchtern und es fiel ihm schwer, ein Gespräch zu unterbrechen und sich nach etwas zu erkundigen, was ihn im Grunde gar nicht interessierte. Vielleicht war seine Schwester, die gefürchtete Adelaide, in seinem Leben der Anker gewesen und er war ohne sie nun reichlich hilflos.

»Ah!«, sagte er. »Hallo! Und, machen Sie Fortschritte, kommen Sie voran?«

Allem Anschein nach hatte Moon gelernt, welche Antwort von ihm erwartet wurde; er sagte nichts, sondern setzte einfach nur einen Gesichtsausdruck auf, der alles bedeuten konnte. Ich fand seine Vorstellung höchst bewundernswert. Außerdem stand er auf, etwas, was er, soweit ich mich erinnere, sonst für niemanden tat, es sei denn, er wollte es ohnehin gerade tun.

Wie auch immer, der Colonel trat nervös von einem Fuß auf den anderen, ohne zu wissen, dass sich unter ihm vermutlich das Grab seines Vorfahren befand. »Ah!«, sagte er.

»Ja. Sehr interessant. Ich meine, Leute wie Sie hier zu haben. Ist mal was anderes. Bleiben Sie so lange, wie Sie wollen. Gut, ich muss dann mal wieder. Will Sie nicht länger stören.«

»Das ist übrigens Mr Birkin, Colonel«, sagte Moon. »Er ist hier, um uns darüber aufzuklären, was sich über dem Chorbogen befindet.«

Der Colonel heftete den Blick auf meine Stiefel. »Höchst interessant«, sagte er. »Bleiben Sie, so lange Sie wollen, Birkin. Würden Sie samstags beim Kricket für uns den Schiedsrichter geben? Mossop meint, er könne nicht mehr so lange stehen. Nun, würde gern noch ein bisschen bleiben. Ein andermal vielleicht. Muss jetzt los. Ich sage Mossop, dass Sie ihn vertreten. Sehr anständig von Ihnen.«

Er schlurfte davon. Dann kam er nochmals zurück. »Haben Sie irgendwas Außergewöhnliches entdeckt, Moon? Artefakte vielleicht? Goldenen Krimskrams wohl kaum, nehme ich an?«

Moon setzte eine noch trübsinnigere Miene auf als zuvor, ließ jedoch erkennen, dass die Frage durchaus berechtigt war, indem er ein bedauerndes Schnalzen von sich gab.

»Hoffe, Sie nehmen mir die Frage nicht übel. Wollte nur bisschen Interesse zeigen. Bleiben Sie, so lange Sie wollen.« Und diesmal entfernte er sich wirklich.

Ich sollte nie ein einziges Wort mit dem Colonel wechseln. Er spielte keine Rolle bei dem, was sich während meines Aufenthalts in Oxgodby ereignete. Was mich anging, hätte er ebenso gut um die nächste Ecke biegen und tot umfallen können. Aber das trifft auf die meisten unserer Mitmenschen zu, nicht wahr? Wir sehen einander verdutzt an. Gut, hier sind wir also. Was machen wir hier? Worum, meinen Sie, geht es eigentlich? Lassen Sie uns weiter träumen. Ja, das sind mein

Vater und meine Mutter, dort oben auf dem Klavier. Mein ältester Sohn ist der auf dem Kaminsims. Diesen Kissenbezug hat meine Cousine Sarah bestickt, nur einen Monat vor ihrem Tod. Ich gehe morgens um acht zur Arbeit und komme um halb sechs wieder nach Hause. Wenn ich meinen Ruhestand antrete, wird man mir eine Uhr schenken – mit meinem eingravierten Namen auf der Rückseite. Jetzt wissen Sie alles über mich. Und jetzt gehen Sie: Ich habe Sie bereits wieder vergessen.

Fast jeden Morgen, bevor ich mich an die Arbeit machte, begab ich mich auf einen Becher Tee in Moons Erdloch, und wir redeten nicht viel, während er seine Pfeife rauchte. Ich erkundigte mich, wie es bei ihm so laufe, wer am Vortag zu ihm in sein Loch hinabgeschaut habe; dann fragte er mich, wie es bei mir oben auf meinem Gerüst so laufe, wer am Vortag in der Kirche vorbeigeschaut habe, und sah mich hin und wieder durch den Pfeifenqualm hindurch nachdenklich an. Wer bist du? Wen hast du zu Hause zurückgelassen? Was ist dir dort draußen Schreckliches widerfahren, dass dich dieses gotterbärmliche Zucken befallen hat? Bist du hier, um wieder in die Haut zurückzukriechen, die deine war, bevor sie dich durch den Fleischwolf gedreht haben?

Ich sah diese Fragen, beantwortete sie jedoch nicht. Nicht, weil es mir an Aufrichtigkeit mangelte, sondern weil das Reden auch nicht geholfen hätte. Die Ärzte hatten mir gesagt, dass nur die Zeit mich würde heilen können, und ich glaubte ihnen. Im Übrigen war all das vergangen und vorbei, und ich wurde in diesen ersten Tagen in Oxgodby ganz von meiner Arbeit vereinnahmt. Es war ungeheuer spannend. Vielleicht können Sie das besser verstehen, wenn ich Ihnen sage, dass ich mir zunächst keineswegs sicher war, was ich freilegen würde.

Mittelalterliche Wandmalerei bediente sich in der Regel aus einem reichlich abgegriffenen Vorlagenkatalog. Zunächst sind da meistens drei Wollüstige, zuerst genüsslich ausschweifend, dann von Höllenqualen gepeinigt; ferner der heilige Christophorus, der mit dem Christuskind auf den Schultern zwischen Fischen und Meerjungfrauen hindurchwatet; und nicht zu vergessen diese langweiligen weiblichen Heiligen, die stoisch das Rad, die Streckbank oder das Zerteilen durch das Schwert über sich ergehen lassen (diese Szenen passen sehr gut auf die Wände der Seitenschiffe oder über die Arkaden). Doch die großflächige Wand zwischen Chorbogen und Dachbalken war fast immer einer ganz besonderen Darstellung vorbehalten – der des Jüngsten Gerichts.

Nun, das ist ja auch nachvollziehbar. Ein großes Ensemble braucht eine große Bühne, und auf der Chorwand um den Bogen herum konnte ein solches ganz vortrefflich untergebracht werden: direkt unter dem Scheitelpunkt Christus in seiner Herrlichkeit, und die beiden links und rechts abfallenden Flächen eigneten sich hervorragend, um einerseits die selbstgefälligen Seelen der Rechtschaffenen nach Norden in Richtung Paradies abziehen zu lassen, während auf der anderen Seite die Verdammten (in der Regel kopfüber) geradewegs ins Feuer purzelten.

Und so begann meine Arbeit in der Kirche von Oxgodby zunächst damit, zu ergründen, ob sich diese Szenerie auch hier befand. Ich stellte mich auf der Plattform auf eine kurze Leiter, um die Stelle unter dem Scheitelpunkt zu erkunden. Und tatsächlich. Am Ende des zweiten Tags trat ein edler Kopf zutage. Ja, in der Tat ein edler Kopf mit scharf umrissenem Kinnbart, seitlich auslaufendem Oberlippenbart und schwarz umrandeten Augen mit schweren Lidern. Und auf den Lippen kein Zinnober; das war ein erster Hinweis auf das Format des Malers: Er hatte gewusst, dass Zinnober, so spektakulär es zuerst wirken mochte, nach spätestens zwanzig Jahren vom Kalk geschwärzt sein würde. Und zusammen mit den ersten Segmenten seiner Kleidung schälte sich allmählich dieser Prinz aus Blautönen heraus – aus Lapislazuli gemahlenes Ultramarin –, und das bezeugte erst recht die Meisterschaft des Erschaffers: Er musste es von einem Auftrag in einem Kloster abgezwackt haben; keine Dorfkirche hätte es sich leisten können. (Und Abteien gaben sich nur mit den Besten zufrieden.) Aber es war der Kopf, dieses Gesicht, die seine Klasse besiegelten.

Meiner Meinung nach hätten sich sogar die italienischen Meister noch etwas von diesem Kopf abschauen können. Das war kein Christus aus dem Katalog, unerträglich blass und ätherisch. Das hier war ein frostiger Vertreter der harten Linie. Gerechtigkeit ja, Gerechtigkeit würde er erteilen. Aber keine Gnade. Das sprach aus jedem seiner Züge, und als ich am Ende der Woche bei seiner erhobenen rechten Hand angelangt war, sah ich, dass dies keine geheilte Hand war, sondern eine noch immer durchstoßene.

Das hier war der Oxgodby-Christus, unnachgiebig … nein, mehr noch – bedrohlich. »Seht meine Hand. Das habt ihr mir angetan. Und deswegen sollen zahlreiche von euch Qualen erleiden, so, wie ich sie erlitten habe.«

Moon erkannte das auf Anhieb. »Mmmm«, murmelte er, »also ich möchte nicht auf der Anklagebank sitzen, wenn er der Richter ist.

›Von dort wird er kommen mit blut'gen Wunden,
Zu richten die Lebend'gen und die Toten …‹«

Und während ich an den Sonntagmorgen noch in meiner Turmkammer lag und von unten die Gemeindeschäfchen blöken hörte, konnte ich ihn dort oben in der Düsternis sehen, wo er von ihnen unbemerkt über ihren Köpfen thronte, und fragte mich, ob er tatsächlich die Art hochverehrter Gast war, die Revd. Keach und Co. so unbekümmert herbeibeteten.

»Ha! Nun sagt: Habt ihr den Hungrigen zu essen
gegeben? Den Dürstenden zu trinken? Und den
Nackten Kleidung? Habt ihr die Fremden und
Obdachlosen aufgenommen, die Kranken getröstet
und die Gefangenen im Gefängnis besucht?
Und was ist mit dem armen Birkin, hat jemand von
euch ihm Tisch und Bett angeboten?«

Ja, genau, ihr selbstgefälligen Yorkshirer, was ist mit Tom Birkin – mit seinen zerbombten Nerven, dem die Frau davongelaufen und der völlig abgebrannt ist? Ja, genau, was ist mit mir?

Oh, diese verdammenden Augen! »Und du auch, Birkin! Glaube ja nicht, ich hätte dich vergessen. Wie du im Sperrfeuer lagst und meinen Namen leichtsinnig in den Mund genommen hast! Es steht alles geschrieben.«

Aber noch aufregender fand ich einen anderen Aspekt. Hier war ich, von Angesicht zu Angesicht mit einem namenlosen Maler, der sich aus der Dunkelheit an mich wandte und in seiner Sprache, klarer, als Worte es vermochten, zu mir sagte: »Wenn ein Teil von mir dazu bestimmt ist, vor dem Verfall verschont zu bleiben, dann soll es dieser hier sein. Denn so ein Mensch war ich.«

KATHY ELLERBECK WAR die erste Einheimische, die kam, um nachzusehen, was ich so trieb. Sie war das Mädchen, das mich und meinen Mantel aus dem Fenster des Stationsvorsteherhauses angestarrt hatte. Sie war vierzehn und besuchte die letzte Klasse der Dorfschule; sie war groß für ihr Alter, hatte blaue Augen und Sommersprossen und einen klugen, verständnisvollen Blick. Ich mochte Kinder recht gern; mit den meisten kam ich sogar sehr gut zurecht. Vor allem mit denen, die meinen augenzwinkernden Witz verstanden und ebenfalls Gefallen daran hatten, um des Redens willen zu reden, so wie manche Kinder Gefallen an Eiscreme hatten.

Nun, Kathy Ellerbeck gehörte zu dieser Sorte und sie musste obendrein begriffen haben, dass man einen Wesensverwandten nicht so schnell fand und dass sie die Gelegenheit beim Schopf packen musste. Vom ersten Moment an, da sie schwungvoll die Kirchentür aufstieß, verstanden wir uns prächtig. »Hallo Sie da oben!«, rief sie. »Darf ich heraufkommen, Mr Birkin?«

Ich trat an den Rand der Gerüstplattform, blickte hinunter und sagte, ich hätte es mir zur Regel gemacht, niemanden heraufzulassen, während ich arbeitete. Eine strikte Regel, die keine Ausnahmen dulde. Mit Ausnahme von Mr Moon. Wir beide hätten eine gegenseitige Vereinbarung getroffen – ich dürfe ihn in seinem Erdloch besuchen und er die Leiter zu mir hinaufklettern. Ob sie Mr Moon kenne? Und woher sie meinen Namen wisse?

Ja, sicher, sie kenne Mr M.; jeder in Oxgodby kenne ihn, und das sei auch der Grund, warum jeder wisse, dass ich Mr T. Birkin hieße, obwohl ich bislang keine Briefe erhalten hätte: Mr Moon habe es überall herumerzählt. Und ja, ich hätte recht; er lasse niemanden in sein Zelt oder in sein Erdloch hinunter. Und wofür stehe das »T«?

»Nun denn«, sagte ich, »womit wieder einmal bewiesen ist: Wir von der Gewerkschaft müssen zusammenhalten. Selbst wenn König George vorbeikommen würde, müsste er zu Mr Moon hinunterschauen und zu mir herauf. Keinerlei Ausnahme von der Regel. Mit Ausnahme von uns selbst. Wir müssen uns bei technischen Fragen beraten und im Übrigen überprüfen, dass der eine nicht schneller arbeitet als der andere. Aber ich bin durchaus bereit, und auch dankbar, mich mit kunstsinnigen Menschen zu unterhalten, sofern sie laut und deutlich sprechen und es ihnen nichts ausmacht, wenn ich ihnen den Rücken zudrehe. Und mach dir keine Gedanken darüber, wofür das ›T‹ steht – junge Mädchen sprechen mich in der Regel mit ›Mr‹ an.«

»Ich habe Sie neulich aus dem Zug steigen sehen«, sagte sie. »Mein Vater ist Mr Ellerbeck, der Stationsvorsteher. Dad hat gesagt: ›Der Bursche aus dem Süden, der in der Kirche diese Ausputzarbeit machen soll … er ist eben angekommen.‹ Ich bin Kathy Ellerbeck.«

»Wie kommt es, dass dein Vater mich erkannt hat?«, fragte ich. »Ich habe schließlich kein Schild hochgehalten.«

»Oh, wir kennen die meisten Leute, die aus dem Zug steigen, und die, die wir nicht kennen, nun, von denen kennen wir zumindest die, die sie abholen. In Ihrem Fall hat Mr Mossop uns vorgewarnt, dass Sie ankommen würden. Und Sie haben wie ein Künstler ausgesehen.«

»Ich bin kein Künstler, wie kann ich da wie ein Künstler aussehen?«

»Jeder weiß, dass sich Künstler nicht um ihr Aussehen scheren, und Ihr Mantel hat Sie eindeutig verraten. Mein Dad hat gemeint, ich soll mal bei Ihnen vorbeischauen und fragen, wie Sie so vorankommen. Er sagt, Sie sind eine Gelegenheit, die sich in einem kleinen Nest wie unserem nur einmal im Leben bietet – die, einem Künstler bei der Arbeit zuzusehen, meine ich.«

»Sieh mal, wie oft muss ich dir noch sagen, dass ich kein Künstler bin? Ich bin der Arbeiter, der das ausbessert, was die Künstler geschaffen haben. Und mein Mantel hat gar nichts zu sagen: Ich trage ihn, weil ich um die Knöchel herum friere, so wie andere Menschen an den Ohren frieren.«

Ich war froh, dass ihre Eltern wussten, wo sie war. Schließlich kannte mich niemand hier, und ich konnte mir vorstellen, wie es auf dem Land war – alles bekam schnell eine sexuelle Note; wenn es nicht jemand anderes Frau war, dann waren es kleine Mädchen, Jungen oder, schlimmer noch, Tiere. Doch die Tatsache, dass eine Leiter zwischen mir und meinen Besuchern war, musste der Fantasie der Dörfler eigentlich Grenzen setzen, wenngleich gewiss keine unüberwindlichen.

»Mein Dad sagt, es muss schrecklich einsam sein den lieben langen Tag allein da oben, ohne jemanden zum Reden zu haben.«

»Ah«, sagte ich uneindeutig.

»Wir haben in unserer Kapelle ein Wandbild«, sagte sie. »Hinter der Kanzel. Drei große Calla-Lilien. Es ist wunderschön.«

»Warum?

»Warum was?«

»Warum diese Lilien? Warum nur Lilien? Warum nicht Lilien und Rosen oder nur Rosen? Oder Rosen und Gänseblümchen?«

»Wegen dem, was darunter steht, ›NEHMET WAHR DIE LILIEN AUF DEM FELDE‹ in altmodischer Schrift. Es ist ein Bibelspruch.«

»Was für ein merkwürdiges Bibelwort an der Wand einer Kapelle. Ich hätte nie gedacht, dass ihr Methodisten ihm zustimmt.

›Nehmet wahr die Lilien auf dem Felde, wie sie
wachsen: Sie arbeiten nicht und spinnen nicht.‹

Seid ihr nicht dazu angehalten, der harten, unerbittlichen Arbeit das Wort zu reden? Und nun stehst du hier an diesem öffentlichen Ort und empfiehlst Müßiggang?«

Sie dachte darüber nach und beschloss offenkundig, dass es keine Antwort darauf gab.

»Der Mann, der diese Anweisung an die Wand geschrieben hat, war aus York«, sagte sie. »Er hatte ein Buch mit passenden Sprüchen dabei, und wir mussten einen aussuchen. Mam mochte den einen mit den Rosen am liebsten – ›*By cool Siloam's shady rill*‹ –, das ist ein Kirchenlied. Aber am Ende haben sich Mr Dowthwaite und Dad doch für den mit den Lilien entschieden, weil schließlich die ganze Gemeinde ihn sehen sollte.«

»Aha«, sagte ich. »Und warum? Warum nicht den mit den Rosen?«

»Das weiß ich auch nicht«, rief sie unwirsch aus und wechselte das Thema. »Weil Sie immer so allein da oben sind, hat

Dad gemeint, ich könnte das Grammofon mitbringen und unter einer Kirchenbank stehen lassen und, wann immer ich bei Ihnen vorbeischaue, Ihnen ein paar Platten vorspielen. Geistliche Lieder und Arien.«

»Ja!«, sagte ich. »Genug geplaudert – ich sollte mich schleunigst wieder an die Arbeit machen! Gut, spiel mir was vor.«

Sie drehte die Kurbel, und ein sonorer Alt begann knatternd zu singen:

»Angels ever bright and fair
Take, O take me to your care …«

Es war nicht schwer, mir den wogenden Busen der Sängerin und ihre erschrocken vortretenden Augen vorzustellen, während sie zu einer letzten konvulsivischen Wehklage ansetzte.

»Ah«, rief ich über die Schulter, als die Platte zu Ende war, »sehr bewegend! Und äußerst passend! Ich nehme an, dass ich über kurz oder lang dem ein oder anderen Engel hier oben begegnen werde.«

»Ja«, antwortete sie. »Ganz bestimmt. Wollen Sie es noch mal hören, oder soll ich sie umdrehen?«

Ich entschied mich für Letzteres, und so arbeitete sie sich langsam durch ihr Repertoire: *»O for the wings of a dove«*, *»The Lost Chord«* und *»The Holy City«*. Kathy war ein unverfälschtes junges Mädchen und obendrein sehr intelligent. Eines von der Sorte, die, wenn sie eines Tages weit genug von Oxgodby wegkäme, an den richtigen Ort und in die richtige Gesellschaft, Geschmack an Purcell und vielleicht auch Tallis finden würde, um schließlich bei Byrd zu landen. *»Nunc dimittis!«*

Sie beugte sich zurück und sah zu mir hinauf, und ihr von Sommersprossen übersätes Mondgesicht strahlte. Allem Anschein nach hatte sie sich in den Kopf gesetzt, Freundschaft mit mir zu schließen, und den Vorteil ihrer Position erkannt – da oben auf meinem Gerüst konnte ich ihr ja schlecht entkommen.

Von da an ließ sie sich fast jeden Tag blicken; hin und wieder brachte sie auch ihren jüngeren Bruder Edgar mit, der große, vertrauensvolle Augen hatte und nur sprach, wenn er dazu aufgefordert wurde – in der Regel durch einen resoluten Stupser mit dem Ellbogen seitens seiner Schwester. Aus ihren Erzählungen und durch beherztes Nachfragen musste sich ihre Mutter zusammengereimt haben, wie es um mich bestellt war, jedenfalls schickte sie mir jedes Mal einen Happen von dem, was in ihrer Küche gerade hervorgebracht worden war – Hasenpastete, ein paar Scheiben Johannisbeer-Teekuchen, zwei, drei Quarktörtchen. Und so wurde im Lauf dieser Wochen einem begeistert applaudierenden Londoner *con bravura* ein großartiges Spektrum North Riding'scher Spezialitäten präsentiert, Gerichte, die Mrs Ellerbeck ihrer Mutter zuzubereiten geholfen hatte, und die wiederum ihrer Mutter, und die … Hin und wieder teilte ich diese großzügigen Gaben mit Moon, der es wieder einmal auf den Punkt brachte – indem wir das äßen, betrieben wir eine Art Einwegarchäologie.

Wie auch immer, bestärkt durch diese wohltätigen Gaumenfreuden, begann ich zu hoffen, meinen Aufenthalt bis Weihnachten ausdehnen zu können, falls das Wetter nicht zu kalt oder Keach nicht allzu feindselig werden sollte.

Neun oder zehn Tage vor Kathy Ellerbeck besuchte mich Mrs Keach (die Frau des Pfarrers). Ich hielt mich an keine festgelegte Mittagspause, sondern stieg die Leiter hinab, wenn ich hungrig war. Und wenn diese ungewohnt heißen Augusttage halb herum waren, schnitt ich mir in der Regel zwei dicke Scheiben Brot ab und dazu ein Stück Wensleydale-Käse und ging damit hinaus in den Kirchhof. Samstags und sonntags trank ich eine Flasche Ale dazu, werktags nur Wasser.

An dem Tag, an dem sie kam, war es besonders heiß, und die graue Katze ließ mich so nah herankommen, dass ich sie beinahe berühren konnte, ehe sie von einem von der Sonne gewärmten Steinsarg, in dessen Deckel der Name Elijah Fletcher eingemeißelt war, hinuntersprang ins hohe Gras und im Brombeergebüsch verschwand. Denn dort saß ich für gewöhnlich und aß mein Mittagsbrot, auf Elijahs Steinsarg, während ich zu Moons Zeltlager hinüberblickte und mich vom Sommer durchströmen ließ – seinem Geruch und seinen Lauten. Ich fühlte mich bereits als Teil von allem, nicht als außenstehender Betrachter wie ein zufällig vorbeikommender Besucher. Gern hätte ich geglaubt, dass die Bauern, wenn sie bei der Ernte draußen auf ihren Feldern kurz den Kopf hoben, sich den Schweiß abwischten und mich dort sitzen sahen, ebenfalls zu dem Schluss kämen, dass ich Teil der Landschaft geworden sei, »dieser Bursche, der Maler, der mit seiner Hände Arbeit seinen Lebensunterhalt verdient«.

Gesättigt und zufrieden ließ ich mich auf der warmen Steinplatte auf den Rücken zurücksinken, bedeckte die Augen mit einem meiner alten Khakitaschentücher und fiel, gewiss mit einem behaglichen Stöhnen, in tiefen Schlaf. Als ich aufwachte, war sie da, lehnte gegen die graue Kalksteinmauer und sah mich an. Sie trug ein altrosa Kleid.

»Sind Sie schon lange hier?«, fragte ich einigermaßen überrascht.

»Ungefähr seit zehn Minuten ... Ich kann es nicht genau sagen«, erwiderte sie schüchtern. Ein breitkrempiger Strohhut warf einen Schatten auf ihr Gesicht, sodass ich ihr Alter nicht schätzen konnte. Dann stand sie noch eine Weile, ohne etwas zu sagen, da und ließ den Blick über das Mauerwerk der Kirche wandern, ehe sie sich wieder umdrehte, um den ziellosen Flug eines roten Admirals zu verfolgen, bis er sich flach auf einem flechtenbewachsenen Grabstein niederließ, wie von der Sonne dorthin geheftet. Ich glitt von der Steinplatte herunter und stützte mich, immer noch ein bisschen schläfrig, dagegen.

»Haben Sie es bequem in der Kirchturmkammer?«, fragte sie. »Benötigen Sie noch etwas? Schlafen Sie gut dort oben? Ich könnte Ihnen eine Reisedecke borgen; wir brauchen sie zu dieser Jahreszeit nicht. Mein Mann hat mir erzählt, Sie seien zu Fuß hergekommen. Vom Bahnhof, meine ich. Sie können ja nicht viel Gepäck mit sich getragen haben, daher nehme ich an, dass Sie auf dem Boden schlafen. Ach, bestimmt haben Sie es bereits erraten, ich bin Mrs Keach, die Frau des Pfarrers – Alice Keach.«

Ich sagte, ich hätte einen Schlafsack, außerdem zur Not auch meinen Mantel, und als Kissen benutzte ich eines der Kniekissen aus der Kirche.

Der Schmetterling erhob sich erneut in die Luft. Einen Moment lang sah es aus, als würde er sich in der Rose in ihrem Hutband niederlassen, aber dann drehte er ab und flatterte weiter zur Wiese. Das Summen der Bienen, die von Blüte zu Blüte schwebten, schien die Stille noch zu vertiefen.

»Ich fürchte, Sie halten uns für nicht besonders gastfreundlich«, sagte sie. »Wir bequem in unseren Betten und Sie dort oben auf dem nackten Holzboden.«

Ich versicherte ihr, dass ich mich sehr wohlfühlte und es mir selbst so ausgesucht hätte. Abends sei ich immer so müde, dass ich kein Federbett bräuchte, um gut zu schlafen.

Ich sah Moons Kopf über dem Gras auftauchen und sich ins helle Sonnenlicht schieben und verfolgte, wie er die Arme nach oben und seitlich in alle Richtungen wand, als vollführte er einen indischen Tanz. Es war nicht das erste Mal, dass ich ihn dabei beobachtete. Er tat es nicht etwa aus Freude über einen außergewöhnlichen Fund, sondern um einen Krampf abzuschütteln.

»Ich werde Ihnen trotzdem eine Decke bringen«, sagte sie und löste sich von der Mauer. Sie kam nur wenige Schritte näher, aber jetzt konnte ich erkennen, dass sie wesentlich jünger war als Keach, höchstens neunzehn oder zwanzig, und sehr hübsch. Nein, nicht einfach nur hübsch; sie sah umwerfend aus. Ihr Hals war bis zum Ansatz ihres Busens unbedeckt, und ich fühlte mich augenblicklich an ein Botticelli-Gemälde erinnert – nicht an die »Venus«, sondern an die »Primavera«. Teils lag es an ihrem wunderschönen ovalen Gesicht, teils an ihrer grazilen Art, daran, wie sie dastand. Ich hatte genügend Gemälde in meinem Leben gesehen, um wahre Schönheit zu erkennen, aber niemals hätte ich damit gerechnet, ihr an diesem abgelegenen Ort zu begegnen.

»Und wann werden wir etwas zu sehen bekommen?«, fragte sie.

Ich sagte ihr, es sei wie bei einem Puzzle – ein Gesicht, eine Hand, ein Schuh, hier ein bisschen was und dort ein bisschen was. Und irgendwann würde es sich, ganz unmerklich, zusammenfügen. »Im Idealfall zumindest. Aber Ihnen muss ich bestimmt nicht erzählen, was alles im Lauf von fünfhundert Jahren verschwunden sein könnte. Ich kann mir nicht vorstellen, dass es vor mir nicht schon mal jemand versucht hat und dass ich nicht auf irgendwelche Stellen mit blankem Putz treffen werde.«

»Oh«, sagte sie, »aber ist das nicht gerade das Aufregende daran? Nicht zu wissen, was einen hinter der nächsten Wegbiegung erwartet? Es muss so sein, wie wenn man an Weihnachten ein Päckchen aufmacht. Gut, ich werde nicht vergessen, Ihnen die Reisedecke vorbeizubringen, und im Gegenzug müssen Sie mir zeigen, welche Fortschritte Sie mit Ihrem Puzzle machen, einverstanden? Ich hoffe, Sie nehmen es mir nicht übel, wenn ich Sie hin und wieder besuche … Mr Birkin?« Und sie lachte, ein bezauberndes fröhliches Lachen, das klang wie … nun, ja, wie eine Glocke.

Dann drehte sie sich um und ging auf das Kirchhoftor zu, und ich begab mich wieder hinauf auf mein Gerüst. Und ich wunderte mich über Keach und seine Frau und darüber, wie mitunter die merkwürdigsten Paarungen zustande kamen und wie zwei Menschen all die Jahre über zusammenlebten, sich bei Hunderten gemeinsamer Mahlzeiten gegenübersaßen, sich gegenseitig beim An- und Ausziehen zusahen, in der Dunkelheit flüsterten und in diesem wunderbar bewusstseinslosen Moment höchster sexueller Lust laut aufschrien.

»Soso, die reizende Alice hat Sie besucht«, sagte Moon, als wir uns am Abend trafen. »Ich habe sie im Kirchhof gesehen. Sie scheinen sich ja viel zu erzählen zu haben. Ist sie nicht eine Wucht? Wer hätte gedacht, dass sich ein solch reiner, heiterer Lichtstrahl in die unergründlichen Höhlen von Oxgodby verirrt! Nun kommen Sie schon, geben Sie's zu, dass sie Ihnen gefällt!«

»Sie ist wirklich schön, stimmt«, sagte ich. »Außergewöhnlich schön sogar. Aber vielleicht weiß sie das gar nicht.«

»Unsinn!«, rief er aus. »Jede Frau, die gut aussieht, ist sich dessen bewusst. Aber dass Keach sie gekriegt hat! Absolut empörend! Genauso empörend wie der Umstand, dass die Gesellschaft es so eingefädelt hat, dass, nachdem er sie dazu gebracht hat, die geheiligte Zeile zu unterschreiben, andere Männer bis dorthin und nicht weiter dürfen. Eine teuflische Konvention.«

»Vielleicht ist er genau der, den sie wollte«, sagte ich.

»Ach was! Sie haben ihn doch gesehen. Schlimmer noch, Sie haben ihn gehört. Kommen Sie, gehen wir in den Shepherd und ertränken unseren Frust über die vergeudete Schönheit in einem Krug Bier.«

Nun, vielleicht hatte er recht. Offen gestanden, wenn Keach tatsächlich so furchtbar war, wie er schien, war die Vorstellung, dass sie mit ihm zusammenlebte, unerträglich. Aber zum Glück war das hier nicht Bagdad, und er konnte sie nicht dazu zwingen, ihr Gesicht mit einem Schleier zu verhüllen, sodass andere Männer wenigstens noch bewundernde Blicke auf seine rehäugige Angetraute werfen konnten. Und während wir gemeinsam die Straße entlangbummelten und ich zuerst das frisch gemähte Heu roch, ehe ich die Mähschwaden in der Abenddämmerung ausmachte, dachte ich, dass allein schon Alice Keach anzuschauen ein Wunder war, und so hoffte ich, sie würde Wort halten und oft vorbeikommen, um zu sehen, welche Fortschritte ich machte.

Man stelle sich vor – der ganze Stolz der Uffizien spazierte einfach so in der Fremde herum, in – Gott stehe uns bei – Oxgodby!

Mit meiner Arbeit kam ich gut voran. Mein Gemälde war so gut konserviert, dass ich mehr und mehr zu der Überzeugung gelangte, es musste, noch ehe es vierzig oder fünfzig Jahre alt gewesen war, mit Kalktünche überdeckt worden sein. Warum? Hatte der damalige Pfarrer einen Fehler in der Ikonografie entdeckt? Hatten sich die örtlichen Adeligen in dem Bild wiedererkannt und Anstoß daran genommen? Oder hatte ein gebildeter Kirchenvorsteher es für seine fortschrittliche Gemeinde für zu altmodisch befunden? Suchen Sie sich etwas aus. Man kann sein Leben darauf verwetten, dass keine Woche vergeht, ohne dass irgendwo in diesem Land ein Streit darüber brodelt, was jemand in einer Dorfkirche drinbehalten oder jemand anders heraushaben will.

Außerdem hatte sich über die Jahrhunderte hinweg jeweils nach ungefähr fünfzig Jahren eine neue Schicht aus Rauchrückständen von Kerzen und Paraffinlampen über das Gemälde gelegt. Und in jüngerer Zeit hatte der gute alte Bankdam-Crowther gewiss seinen Teil dazu beigetragen, indem er mit einer einzigen ordentlichen Morgenfeuerung so viel Ruß emporschleudern konnte, wie während eines kompletten mittelalterlichen Jahrzehnts angefallen war. Einmal in Fahrt, kam ich gut voran; bedächtig wusch ich Schicht um Schicht die Rückstände der Jahrzehnte herunter, um zu dem Gemälde zu gelangen. Nun, vielleicht klingt das jetzt, als wäre alles ganz einfach gewesen. Das war es nicht – aber ich wurde mit jedem Tag besser.

Im Grunde war es ein einziges großes Geduldsspiel. Mein erster Akt hatte darin bestanden, die mutmaßlich mit Farbe bedeckte Fläche in Felder von der Größe eines Quadratfußes einzukreiden und mich dann langsam von Quadrat zu Quadrat vorzuarbeiten, während ich der Spur einer Hand oder eines Gesichts folgte. Und auch wenn Joe Watterson viel zu pfiffig gewesen war, das allzu sehr zu betonen, war es ganz einfach nicht möglich, ein fünfhundert Jahre altes Wandgemälde in seinen ursprünglichen Zustand zurückzuversetzen. Allenfalls konnte ich eine größtmögliche Annäherung anstreben, etwas, was so ähnlich *aussah*.

Und so (ich springe etwas in der Zeit nach vorn) ging es dort oben auf meinem Gerüst Tag für Tag voran, während ich auf den Knien hin- und herrutschte oder auf den Fersen kauerte oder, wenn ich zu faul war, um die Leiter zu benutzen, mich auf die Zehenspitzen reckte. Es war wie ein Fenster in einer schmutzigen Wand, das sich mit jedem Tag um einen weiteren Quadratfuß auftat. Sie kennen bestimmt das Gefühl, bei einer heiklen Aufgabe gut voranzukommen, weil Sie es so machen, wie es gemacht werden muss; wenn Sie einem gleichmäßigen Rhythmus folgen und darauf vertrauen können, dass sich alle Knoten entwirren und am Ende alles gut wird. Und das war der springende Punkt: Ich wusste, was ich tat – und genau das macht einen Fachmann aus.

Ich war geradezu besessen davon, dieses apokalyptische Gemälde des längst verstorbenen Malers zu neuem Leben zu erwecken. Diese große, durch den Bogen in zwei Hälften geteilte Pyramide an Menschen! Denn kaum hatte ich mich ein Stück weit nach oben, unten und zu den beiden Seiten vorgearbeitet, hatte ich eine ungefähre Idee des Ganzen – der Richter und sein Büttel; unter ihnen die drei reichen Herrn aus Lukas 16, früher in feines Tuch gekleidet, jetzt nur noch in Höllenglanz, und schließlich die Menge derer, die sich auf der rechten Seite selbstgefällig zum Einzug ins Paradies sammeln, und jener, die linker Hand schreiend in den Höllenschlund stürzen.

Selbst wenn ich nicht arbeitete, verweilte ich häufig vor diesem immensen Tableau. Vor allem in den ersten beiden Wochen, als nur Moon mich hin und wieder unterbrach. Doch dann wurde ich, wie es sich eben so zuträgt, in das sich vor meinen Augen verändernde Gemälde namens Oxgodby hineingezogen, zuerst durch mein samstägliches Schiedsrichteramt beim Kricket und später dann sonntags in der Kapelle der Methodisten. Und merkwürdigerweise war alles das, was draußen geschah, wie ein Traum. Das im Innern der stillen Kirche, vor dem langsam wiederauftauchenden Bild, das war *real.* Was den Rest betraf, ließ ich mich treiben. Wie gesagt, es war wie im Traum. Eine Zeit lang.

Eines Tages überbrachte mir Kathy Ellerbeck eine Einladung zum Mittagessen. »Mam hat gesagt, sie will, dass Sie am Sonntag zu uns zum Mittag kommen!«, rief sie zu mir hinauf. »Sie sagt, wir sind diesmal dran, den Prediger einzuladen, und es ist Mr Jagger aus Northallerton und er ist ein feiner Herr, aber sie meint, Sie beide werden sich bestimmt prächtig verstehen. Sie brauchen auch nicht lange zu bleiben, es sei denn, Sie wollen es, weil er, sobald er fertig gegessen hat, für sein Nickerchen ins Wohnzimmer verfrachtet wird. Aber wenn Sie mögen, können Sie auch anschließend mit uns zur Sonntagsschule gehen – mit Edgar und mir, meine ich.«

»Bin ich nicht ein bisschen zu alt?«, rief ich zu ihr hinab. »Für die Sonntagsschule, meine ich? Nicht, dass mir ein bisschen Auffrischung schaden würde.«

»Nun, Sie könnten ja draußen warten; auf der Wiese davor gibt es eine Bank. Oder Sie gehen Mr Dowthwaite zur Hand: Er hat bestimmt nichts dagegen, wenn Sie sich ein bisschen um die Strohköpfe kümmern. Anschließend können Sie wieder mit uns zurückgehen und den Tee und dann das Abendessen mit uns einnehmen und mit Mr Jagger dort weiterreden, wo Sie beide aufgehört haben. Dann müssten Sie nicht selbst Abendbrot machen und Sie könnten nebenbei ein bisschen Geld sparen. Mam sagt, Sie sind zu oft allein und laufen immer wie ein Traumwandler durch die Gegend und dass Sie dringend ein bisschen Gesellschaft brauchen. Und ziehen Sie Ihren Mantel bitte nur an, wenn es regnet.«

Sie war ein sehr resolutes Mädchen, und die Sache war für sie beschlossen. Und so bemühte ich mich am Sonntag ausnahmsweise um ein respektables Aussehen, um sie nicht in Verlegenheit zu bringen, erschien pünktlich zu der mir genannten Uhrzeit, und sogleich versammelten wir uns um den Tisch mit der gestärkten weißen Decke. Dann setzte Mr Ellerbeck zu einem Tischgebet von beeindruckender Länge an. Ich konnte mir nicht vorstellen, dass seine Tischgefährten es ihm unter normalen Umständen gestattet hätten, in derart ausgefeilten Einzelheiten die Freigebigkeit des Herrn darzulegen und wie dankbar er sich schätze, zu den Auserwählten zu gehören, die in deren Genuss kämen, und war mir daher sicher, dass er seinem Kollegen, Mr Jagger, zeigen wollte, was er draufhatte.

Die Yorkshire-Puddings, üppig mit Zwiebelsoße übergossen, wurden aufgetragen, und Mr Ellerbeck gab uns das

Startsignal, indem er sich eine sehr große, gestärkte Serviette in den Stehkragen stopfte, und da dies offenbar auf dem Land Brauch war, tat ich es ihm gleich. Es war ein besonders heißer Tag, und uns allen lief der Schweiß herab.

Die Gespräche flossen am Tisch der Ellerbecks nicht gerade leicht. Zunächst ging es darum, den Speisen gebührend Aufmerksamkeit zu schenken, und die einzigen Begleitgeräusche waren Edgars heftiges Kratzen mit dem Besteck auf dem Teller und ein gelegentliches Schmatzen oder halbherzig unterdrücktes Rülpsen. Der Auftakt zum Hauptgang und, wie sich herausstellte, letzten Gang war eine kurze, virtuose Darbietung von Mr E. mit einem langen Messer und dem Wetzstahl, ehe er einen stattlichen Lendenbraten tranchierte. Er absolvierte seine Vorstellung mit großer Verve und war sich, wie alle wahren Künstler, der Wirkung auf sein fasziniertes Publikum wohl bewusst, denn mit einem verstohlenen Blick zu mir murmelte er bescheiden: »Mein Vater war Metzger, Mr Birkin.«

Aber auch Mr Jagger stand ihm in nichts nach; er war durchaus in der Lage, den großzügig bemessenen Portionen auf unseren Tellern beizukommen, während er über die Vortrefflichkeit von Thomas Hardys Werken referierte, von denen er einige, wie er behauptete, mehrmals eingängig studiert habe. Mr Jagger war ein selbstsicherer und von sich eingenommener Redner, und man musste nichts weiter tun, als durch ein gelegentliches Nicken zu zeigen, dass man noch wach war, und so konnte ich mich in Ruhe in dem überladenen Raum umsehen.

Das Mobiliar bestand im Wesentlichen aus dem massiven viereckigen Tisch, um den wir saßen, unseren Stühlen, die einen schmalen Gang blockierten, den die Ellerbecks mehrmals täglich durchqueren mussten, einem schwarzen schmiedeeisernen Monstrum, das Kaminofen, Herd und Heißwasserspender zugleich war, und einer lackierten Anrichte. Ferner gab es eine Bodenstanduhr mit Pendel, einen Kalender aus dem Lebensmittelladen mit einer älteren Dame darauf, die inmitten ihrer Schätze in einem Raum von frappierender Ähnlichkeit mit diesem saß, und zwei ungewöhnlich große, aufwendig gerahmte Bilder, von denen eines die belagerte Garnison im indischen Lucknow in verschiedenen Stadien der Bedrängnis darstellte, deren Protagonisten, anders als der Betrachter, noch nicht wussten, dass Hilfe nahte; das andere demonstrierte die verschiedenen Übel, die die Trunksucht anrichtete. Beide waren mit so zahlreichen Details vollgepackt, dass sie Anschauungsstoff für mehrere Jahre boten.

Doch das prächtigste Stück des Raums war die Petroleumlampe, die an vier Messingketten von der Deckenmitte hing. Widerstrebend musste ich einräumen, dass sie in ihrer Pracht meinem Bankdam-Crowther Konkurrenz machte. Zu ihren Bestandteilen zählten zwei Drehknöpfe und eine Vorrichtung zum Abdrehen des Petroleumzuflusses, um augenblicklich die Flamme zu ersticken, sollte sie zu stark auflodern, ein hübscher Paraffinbehälter aus geschliffenem rosa Glas, ein gewöhnliches Laternenglas und ein es umgebender milchiger Globus, der dafür sorgte, dass das Ellerbeck'sche Heim in ein gütiges Licht getaucht wurde. »Ein Erbstück von meiner Tante Rose, Mr Birkin«, ließ der Stationsvorsteher einfließen, als Mr Jagger eine ungewohnte Pause einlegte – er ereiferte sich gerade über Angel Clares unehrenhaftes Verhalten gegenüber Tess Durbeyfield in Thomas Hardys nach Letzterer benanntem Roman. »Es war ihr

Herzenswunsch, dass ich ihn bekommen sollte. Heutzutage sind solche Leuchter nicht mehr erhältlich: Messingguss, sogar die Ketten.«

Ich wäre gern aufgestanden, um mir die Lampe aus der Nähe zu besehen. Mechanisch war sie ein sehr viel simpleres Gerät als der Kirchenofen, aber ästhetisch ihm haushoch überlegen. Und nachdem er mein schnell erwachtes Interesse bemerkt und wohl nicht ganz zu Unrecht beschlossen hatte, dass sein anderer Gast ausreichend zum Zug gekommen war, schlug Mr E. vor, mir seinen Lampenraum am Bahnsteig draußen zu zeigen, der erst kürzlich mit einem Zertifikat bedacht worden sei, einer besonderen Belobigung von den Direktoren der North-Eastern Railway, als diese auf ihrer zweijährlichen Inspektionsreise in Oxgodby haltgemacht hatten. »An einem Wochentag natürlich«, fügte er hinzu. »Ihren Besuch, meine ich.«

»Der Fahrgast-Bereichsleiter hat zu Dad gesagt, man könnte glatt vom Boden essen«, sagte Kathy.

Diese Beschwörung der hohen Herren aus York, die in steife Krägen gestopften gestärkten Servietten, das Schlemmen (mit versilbertem Besteck, das aus irgendeinem Erste-Klasse-Speisewagen geborgt worden war) und Mr Ellerbecks Lampenexkurs lenkten meine Aufmerksamkeit auf angenehme Weise von dem von der Decke hängenden Familienerbstück ab. Doch Mr Jagger, der sich augenblicklich diese belobigenden Schwärmereien zunutze machte, trieb sogleich einen literarischen Keil in unsere Allianz und hetzte die dem Untergang geweihte Tess in Richtung Galgen, ehe er seinerseits, verdientermaßen, für den restlichen Nachmittag ins Wohnzimmer gesperrt wurde.

Unterdessen machte ich mich pflichtschuldig auf den Weg

in die Sonntagsschule, wo, wie von mir befürchtet, der Superintendent Mr Dowthwaite (der Dorfschmied) sogleich drei große Burschen von den übrigen Schülern absonderte, die »besonderer Aufmerksamkeit« bedurften. Als er wieder in die andere Ecke des Raums zurückgekehrt war und ich herausgefunden hatte, dass eine Analyse eines Paulusbriefes an irgendeine Stadt im Nahen Osten oder dergleichen meine Zwangsverpflichteten nicht zu entflammen vermochte, ließ ich mir von einem zeigen, wie man eine Weizenähre in einem Knopfloch befestigte, während der zweite von mir wissen wollte, welcher Art genau die Gefahren seien, die, wie man ihn gewarnt habe, auf ihn lauerten, sollte er je einen Fuß nach London setzen. Allem Anschein nach hatte ich meine Aufgabe zufriedenstellend gelöst, denn der Schmied rekrutierte mich auch für die restlichen Sonntage meines Aufenthalts.

Als wir wieder auf der Straße zurück in Richtung Bahnhof schlurften, war es noch heißer als zuvor. »Kommt, lasst uns Emily Clough einen Besuch abstatten und schauen, wie es ihr geht; sie hat Tuberkulose und liegt im Sterben«, sagte Kathy. »Wir können ihr die Kornblumen bringen, die Edgar für Mam gepflückt hat.«

Ihr Bruder, der aus Erfahrung wusste, dass jeder Widerstand zwecklos gewesen wäre, versuchte es erst gar nicht, und seine Miene drückte lediglich die Hoffnung aus, dass das Drama von Emilys Sterben die Konfiszierung seiner Blumen wert war. Wir schlenderten weiter unter Obstbäumen, die ihre Zweige über eine Hecke breiteten, bis wir ein Ziegelstein-Cottage erreichten, dessen Vorderseite auf die unbefestigte Straße zeigte, während die anderen Seiten von Obstbäumen und drei oder vier Pferdeboxen gesäumt waren.

Die Tür stand weit offen, und unmittelbar dahinter führte eine Treppe nach oben. »Wir wollten Emily einen Strauß Blumen bringen, den Edgar für sie gepflückt hat!«, rief Kathy, und von weiter hinten im Haus forderte uns eine Stimme auf, ruhig hinaufzugehen. »Wir haben uns schon gedacht, dass jemand auf dem Heimweg von der Kapelle bei ihr vorbeischauen würde. Bevor ihr geht, nehmt euch noch ein Stück Marmeladentorte.«

»Ich habe dir deine Sternchenkarte aus der Sonntagsschule mitgebracht, Emily«, sagte Kathy. »Mr Dowthwaite hat, auch wenn du nicht da warst, trotzdem einen Stern daraufgestempelt, weil du krank bist.« Sie fuhr mit den Fingern über die Karte. »Dir fehlen jetzt nur noch sechs Sterne, dann bekommst du einen Preis«, sagte sie.

»Ich habe darüber nachgedacht, was für ein Buch ich gern hätte«, sagte Emily. »Mir hat *The Forgotten Garden* von Joyce Vaughan gut gefallen. Vielleicht kannst du Mr Dowthwaite sagen, dass er Ausschau halten soll nach einem anderen Buch von derselben Autorin, wenn er nach York fährt, um die Preise für uns zu kaufen. Welches wünschst du dir?«

»*The Coral Island,* und Edgar wünscht sich *Children of the New Forest*.«

»Ist er dafür nicht noch ein wenig zu jung?«, gab ich zu bedenken.

»Wenn er ein bisschen älter ist, wird es ihm bestimmt gefallen«, antwortete sie. »Die Geschichte soll sehr gut sein, und es kommen auch zwei Mädchen darin vor. Emily, das hier ist übrigens Mr Birkin. Der Mann, der in der Kirche wohnt.«

»Ich habe schon von Ihnen gehört«, sagte das sterbenskranke Mädchen. »Ich kann es nicht erwarten, zu sehen, was

Sie machen, Mr Birkin, und ich hoffe, Sie sind immer noch hier, wenn es mir wieder besser geht.«

Vor ihrem Fenster stand ein Apfelbaum, dessen Äste beinahe in ihr Zimmer hineinreichten. Die Sonne schien durch das Blattwerk und tauchte es in ein sanftes, goldenes Licht. Kein Vogel sang in dieser Hitze. Das hochsommerlich schwüle Wetter drückte mich nieder. Bruder und Schwester musterten das blasse Mädchen: Bei Erwachsenen wäre eine solche Neugierde ungebührend gewesen. »Wer war heute alles da?«, fragte Emily. »Erzählt mir, wer alles da war.«

Sie lauschte den Namen, die sie aufzählten. Noch zu Beginn des Frühlings musste sie mit einigen von ihnen über Gräben und Hecken gesprungen sein. »Was für Lieder habt ihr gesungen?«, wollte sie wissen. »Ich mag das mit ›*You in your small corner and I in mine*‹«, fuhr sie fort. »Das ist mein Lieblingslied, auch wenn es nicht zum Sommer passt. Es ist eher ein gemütliches; es erinnert mich an den Winter und lange, dunkle Nächte und daran, wie es sich anfühlt, mit einer Wärmflasche früh zu Bett gehen. Ich mag deinen Strohhut, Kathy. Kann ich ihn mal aufsetzen?«

Die purpurnen Hutbänder hoben sich wie rote Flammen gegen ihr blasses Gesicht ab. Sie drehte sich zu einem Wandspiegel um, und ihre Augen glänzten. »Ich glaube, er steht mir«, sagte sie. »Ich mag Hüte. Ohne Hut würde die Sonntagsschule nur halb so viel Spaß machen.«

»Wenn du nächstes Mal kommst, wird Kathy dich ihn bestimmt tragen lassen«, sagte Edgar mutig; zweifelsohne war es seine heimliche Rache dafür, dass er die Blumen hatte hergeben müssen.

Emily antwortete nicht darauf. Seltsamerweise drehte sie

sich mir zu, und unsere Blicke begegneten sich. Dann trotteten wir drei die Treppe hinunter und holten uns das versprochene Stück Marmeladentorte ab. Als wir wieder draußen auf der Straße waren und Edgar erneut Kornblumen pflückte, sagte Kathy: »Sie weiß, dass sie stirbt, nicht wahr? Sie kommen doch zum Tee mit uns zurück, ja? Mam rechnet fest mit Ihnen.«

MITTLERWEILE WAR ICH beim letzten Kopf angekommen, und Keach hatte immer noch keine Anstalten gemacht, die erste Rate herauszurücken. Vergessen hatte er es bestimmt nicht, denn das sah ihm nicht ähnlich; er wollte mich dazu bringen, dass ich ihn darum *bat*, und das irritierte mich. Doch als ich zum Dorfladen hinaufging und bemerkte, dass ich keinen müden Penny mehr in der Tasche hatte und mir nicht einmal mehr eine *Daily Mail* kaufen konnte, blieb mir nichts anderes übrig, als zu Kreuze zu kriechen.

Wie sich herausstellte, lag das Pfarrhaus in einem kleinen Wald. Natürlich war er noch nicht da gewesen, als es erbaut wurde: Aus den Setzlingen, die ein früherer Amtsinhaber gepflanzt hatte, waren mit der Zeit riesige, ausladende Bäume geworden, und ihr Wurzelwerk hatte jedes bisschen Rasen und jedes Blumenbeet, das einmal da gewesen sein mochte, getilgt. Der Weg zum Haus hatte sich in einen grünen Tunnel verwandelt, und als ich durch das Dickicht stapfte, flog mit einem Mal ein Schwarm Ringeltauben durch das Geäst davon und Zweige schossen himmelwärts. Und hinter der nächsten Wegbiegung begegnete ich einem Hasen: Er starrte mich verblüfft an. Ein Eichelhäher segelte vorüber. Ein Eichelhäher! Bislang hatte ich diese Vögel nur aus

Büchern gekannt. Na, wenn das kein neuzeitlicher Garten Eden war!

Das Haus stand auf einer Lichtung, und die bogenförmige Zufahrt, die früher als Wendeplatz für Kutschen gedient hatte, wurde nun von einer großen, umgestürzten Zeder versperrt; die herausgerissenen Wurzeln ragten empor wie eine Klippenwand, die eine Art Vorgarten zu begrenzen schien, selbst in den Wurzelspalten hatten sich bereits wilde Pflanzen angesiedelt. Die einst weißen Ziegelsteinmauern hatten eine unschöne grünliche Färbung angenommen und sahen irgendwie modrig aus, die Fenster waren größtenteils geschlossen, und die quadratische Strenge des Hauses wurde nur von einem zweisäuligen Vorbau abgemildert. Während ich ihn betrat, entdeckte ich eine Miniaturstaffelei mit einem in roten Plüsch gerahmten Kunstdruck, der eine blasse Berglandschaft mit See darstellte, die Art Kitsch-Nonsens, die viktorianische Zeitgenossen gern in ihren Kamin gestellt hatten. Während ich an die Tür klopfte und, nachdem sich nichts gerührt hatte, an der Klingelschnur zog, grübelte ich über den Sinn dieser außergewöhnlichen Dekoration nach, fand jedoch keinen.

Mein mehrmaliges bedächtiges Ziehen an der Klingelschnur blieb unbeantwortet, und wäre ich nicht ohne einen einzigen Penny in der Tasche gewesen, hätte ich wieder den Rückzug angetreten. Mittlerweile ziemlich verärgert, riss ich diesmal so energisch an dem Ding, dass der Draht gute fünfzehn Zentimeter weit aus dem Loch im Türpfosten herausfuhr und wieder zurückschoss. Aus dem tiefen Inneren des Hauses hörte ich das Bimmeln einer Glocke. Es klang wie ein entferntes Lachen. In der Tat glaubte ich einen Moment lang, jemand lachte mich aus. Vielleicht Mrs Keach.

Mit einem Anflug von Schuldgefühl blickte ich mich um. Wirklich, es war ein äußerst beklemmender Ort, und ich fragte mich, ob ein geschulter Romanleser es des Nachts wagen würde, einen Blick hinter diese Tür zu werfen: Eine ganze Diebesbande samt umfangreicher Beute hätte hier unbemerkt wochenlang kampieren können. Das Pfarrhaus war tatsächlich so groß, dass eine zehnköpfige Familie ohne Weiteres darin hätte wohnen können, nebst Kutscher, Köchin, Hausangestellten und so weiter. Wobei es offensichtlich war, dass sich Keach nicht einmal einen Gärtner leisten konnte.

Dann ging die weiß gestrichene Tür auf, und Alice Keach spähte heraus. Ihre Augen waren größer und dunkler, als ich sie in Erinnerung hatte. Als wir uns im Kirchhof begegnet waren, war sie recht kühl gewesen, fast ein wenig zu verschlossen, doch hier, auf heimischem Terrain, wirkte sie überdreht, und noch ehe ich dazu kam, sie zu fragen, ob ich ihren Mann sprechen könne, trat sie in den Säulenvorbau hinaus und begann ziemlich ungestüm davon zu sprechen, wie es sei, hier zu wohnen, als hätte sie mich mit einem für die kirchlichen Wohnstätten verantwortlichen Inspektor aus der Diözese verwechselt. Mir kam der Gedanke, dass sie einer dieser schüchternen Menschen war, die, wenn sie vorbereitet waren, eine Sache tapfer meisterten, aber wenn sie kalt erwischt wurden, rasch die Nerven verloren.

Es war erstaunlich. Hier stand ich, quasi ein Fremder, und hörte mir ihren alarmierenden Bericht eines Albtraums an, den sie gehabt hatte: Die Bäume seien auf sie zugerückt, zuerst nur bedrohlich schwankend, doch dann hätten sich die Wurzeln aus der Erde gelöst, und die Bäume hätten sich genähert, um erst in allerletzter Sekunde von den Hausmauern abgewehrt zu werden. Und auch die Luft sei schwer geworden, sodass sich das Haus wie eine Druckkammer angefühlt habe. Augenblicklich steckte sie mich mit ihrer Obsession an – ja, ja, sagte ich, ich wisse genau, was sie meine, denn genau so fühle es sich an, wenn eine große Granate explodiere: Die Luft im Bunker werde herausgesaugt und drücke dann wieder herein, ein so verblüffendes wie lähmendes Gefühl. Aber ich bin sicher, dass sie mir gar nicht zuhörte.

Schließlich fing sie sich wieder. Mühsam brachte ich heraus, ich würde gern kurz mit ihrem Mann reden, woraufhin sie mich einen langen gepflasterten Flur entlangführte, vorbei an einigen überdimensionierten Türen. Eine davon öffnete sie. Das Zimmer hatte zwei große, von geschlossenen Innenläden beschattete Fenster und war, abgesehen von einem ungewöhnlich kleinen Kamin, völlig leer. So hätten sie es vorgefunden, und so würde es bleiben, bis die Umzugswagen wiederkämen, erklärte sie. Während wir weitergingen, berührte sie jede der Türen und murmelte: »Das hier ist genauso … alle gleich.«

Ihr Wohnzimmer befand sich am Ende des Flurs; es war ungewöhnlich länglich und hatte eine hohe Decke und vier riesige, vorhanglose Fenster, die vom Dielenboden bis fast zur Decke reichten. Das Erste, was man normalerweise in sich aufnimmt, wenn man einen fremden Raum betritt, ist die Gesamtheit der Möbel, Bilder, Spiegel und des den Bewohnern am Herzen liegenden Krimskrams. Aber hier war es die Nacktheit des Raums. Der Boden war kahl, nun, nicht gänzlich – ein paar fadenscheinige Läufer lagen weit voneinander entfernt auf dem Boden. Drei der Wände waren ebenfalls kahl, nur an der vierten stand ein einzelnes riesiges Möbelstück wie ein innerer Stützpfeiler. In jedem anderen Raum hätte es grotesk groß gewirkt, aber hier passte es perfekt hinein. Ich hatte keine Ahnung, was es war. Es hätte ebenso gut ein Teil eines barocken Altars wie ein orientalischer Thron oder das gigantische Meisterstück eines Tischlers sein können. Vielleicht war es aber auch nichts davon. Vielleicht war es einfach nur eine Verrücktheit. Ich hätte es gern untersucht: Denn im Grunde erfüllt fast alles *irgendeinen* Zweck.

»Der Vater meines Mannes hat es auf einer Auktion erstanden. Niemand wollte es haben. Er musste nur den Transport bezahlen. Er meinte, es würde den Raum ein bisschen füllen«, sagte Mrs Keach. »Wir wissen immer noch nicht genau, was es ist. Allem Anschein nach fehlt ein Teil.«

Der Raum war für Riesen geschaffen, und als Letztes bemerkte ich Keach; er saß auf einem ungepolsterten Stuhl vor einem wackeligen Notenpult; offenbar hatte er Geige gespielt, die nun auf einem kleinen Tisch lag. Merkwürdigerweise schien ihn der überspannte Kommentar seiner Frau über ihre häuslichen Nöte kein bisschen peinlich zu berühren: Stattdessen lauschte er ihr aufmerksam, als hörte er das zum ersten Mal. Mir schoss der Gedanke durch den Kopf, dass sie ihre Probleme vielleicht unter Verschluss hielten, bis ein Außenstehender erschien, um dann alles vor ihm auszubreiten. Offen gestanden war ich fasziniert, weil mir noch nie in den Sinn gekommen war, dass ein zu großes Haus womöglich die gleiche unangenehme Wirkung haben konnte wie ein zu kleines, und fast fand ich den Gedanken an meine eigene prekäre Wohnsituation im Glockenturm tröstlich.

Dann passierte etwas höchst Außergewöhnliches. Nachdem Mrs Keach zu Ende gesprochen hatte, starrten beide plötzlich voller Entsetzen auf eine Stelle hinter mir. Wirklich, mir lief es eiskalt den Rücken hinunter, und es kostete mich einige Überwindung, mich umzudrehen. Es war nur eine Katze. Aber es war die größte Katze und gewiss das grimmigste Tier, das mir je begegnet war. Sie hatte eine verzweifelt flatternde Singdrossel im Maul, und während sie durchs Fenster hereinstarrte, musterte sie jeden Einzelnen von uns bösartig. Dann huschte sie ins hohe Gras und Gebüsch zurück.

Dies schien Keach aus seiner Lethargie gerüttelt zu haben, denn er erbot sich, mir den Rest des Hauses zu zeigen.

Wir stiegen eine blanke Holztreppe hinauf in den ersten Stock, dessen Flur ebenfalls von keinem Läufer bedeckt war. »Leer«, sagte der Pfarrer und klopfte seinerseits an die eine oder andere Tür. Das Bad war ein großes, umfunktioniertes ehemaliges Schlafzimmer. In einer Ecke stand eine recht kleine, weiß gestrichene, gusseiserne Badewanne mit Roststreifen unter beiden Wasserhähnen. Natürlich gab es auch ein Waschbecken und einen Handtuchständer, doch diese Einrichtungsgegenstände wurden schier von einem monströsen Wassertank erschlagen, der nicht nur von an der Wand befestigten schmiedeeisernen Klammern gehalten werden musste, sondern zusätzlich von zwei frei stehenden weißen Stützpfosten aus Eisen.

»Mossop kommt jeden Montagabend«, erklärte Keach, »und pumpt Wasser aus einem Brunnen hinter dem Haus hinauf; eine Tankfüllung reicht uns bis zum Donnerstag.«

»Wenn wir uns sehr einschränken«, fügte seine Frau hinzu.

Keiner von beiden führte aus, wie sie die restlichen Tage zurechtkamen.

Wir schlenderten weiter zum nächsten großen Raum: Auch er war leer, abgesehen von einem Altar – vermutlich ein mit einem weißen Bettlaken bedeckter Schiffskoffer. Davor lagen zwei Kniekissen. Das nächste Zimmer war mit etwas mehr Einrichtungsgegenständen bestückt – einem schlichten Schreibtisch und einem billigen kleinen Buchregal. Auf einem länglichen Tisch wartete ein Stapel Bügelwäsche, und vor einem offenen Kamin stand ein Wäscheständer.

»Schauen Sie!«, rief Mrs Keach aus und deutete zum Fenster: Feigenblätter, groß wie riesige Hände, schmiegten sich dagegen.

»Alice ist manchmal ein bisschen überspannt«, murmelte ihr Mann.

Der Wäschestapel mit dem Bügeleisen darauf machte einen tiefen Eindruck auf mich. In der Wüstenei dieses Hauses schienen sie sich aneinanderzudrängen, als wollten sie sich gegenseitig trösten. Keiner will an diesem desolaten Ort allein sein, dachte ich. Doch außerhalb ihres Hauses schienen seine Bewohner ganz andere Menschen zu sein.

Keach deutete zur Decke. »Der Speicher!«, sagte er und fügte ironisch hinzu: »Es gibt natürlich auch eine ganze Kellerflucht.«

Wir stiegen wieder die Treppe hinab, wo mir eine Tasse Kaffee angeboten wurde, aber ich sagte, es sei Zeit für mich zu gehen. Offen gestanden konnte ich es kaum erwarten, wieder hinauszukommen; dieses Haus schien sich wie ein Schatten um einen zu sammeln. Die beiden sollten nicht gezwungen sein, darin zu wohnen, dachte ich. Doch waren sie offenbar in der Lage, dieses Übel abzustreifen wie einen Mantel. Alice Keach – im Haus ein Nervenbündel, obsessiv; außerhalb bezaubernd, mit sich selbst im Reinen. Und was ihren Mann betraf, so tat er mir – bis zu unserer nächsten Begegnung – richtiggehend leid.

Alice Keach begleitete mich auf die Lichtung hinaus; bei einem Rosenbusch, der sich ungehindert auf dem Kies ausbreitete, blieb sie stehen. »Sara van Fleet«, sagte sie. Der Strauch trug rosa Einzelblüten. »Es ist eine alte Sorte. Aber passen Sie auf! Sie hat scharfe Dornen. Und sie blüht und blüht. Selbst im Herbst noch.« Sie lächelte. »Auch wenn Sie uns nicht mehr besuchen kommen, werden Sie sich davon überzeugen können – ich trage fast immer eine an meinem Hut … Hier, nehmen Sie.« Sie reichte mir eine Blüte.

Erst am Abend, als ich Moons Vorschlag, in den Pub zu gehen, ablehnen musste, erinnerte ich mich wieder daran, warum ich das Pfarrhaus aufgesucht hatte. Aber am nächsten Tag tauchte Mossop mit einem Umschlag auf, in dem sich eine Anzahlung befand – ein paar zerknitterte Pfundnoten und eine Quittung, die ich unterschreiben sollte.

Diese Rose, Sara van Fleet … Ich habe sie noch immer. Zwischen zwei Buchseiten gepresst. In meinem *Banister-Fletcher*, um genau zu sein. Eines Tages, auf einem Flohmarkt, wird ein Fremder sie finden und sich über sie wundern.

Es war, als würde dieser herrliche Sommer ewig dauern. Jeden Morgen stieg Nebel von der Wiese auf, während es am Himmel heller wurde und Hecken, Scheunen und Bäume Kontur annahmen und sich der lange, geschwungene Rücken der Berge aus der Ebene erhob. Es war wie bei einem Zauberstück: »So, seht ihr etwas? Nein, es gibt in der Tat nichts zu sehen. Aber jetzt, schaut mal!« Tag für Tag war es so, und jeden Morgen lehnte ich mich über das

Kirchhoftor, rauchte meine erste Zigarette und (zumindest gefällt mir diese Vorstellung) bestaunte die grandiose Kulisse. Aber so kann es gar nicht gewesen sein; ich bin nämlich gar kein staunender Mensch. Oder war ich es damals? Aber eines ist sicher – ich war beseelt vom Gefühl unendlicher Zufriedenheit und wünschte, sofern ich überhaupt etwas dachte, dass es immer so bliebe, dass niemand wegginge, niemand Neues käme, Herbst und Winter sich ganz viel Zeit ließen, das Reifen des Sommers für immer andauerte, nichts den gleichmäßigen Lauf meiner Tage störte (ich glaube, das hat schon einmal jemand vor mir gesagt).

Nach wie vor begann ein Tag wie der andere. Ich brühte eine Kanne Tee auf, briet ein paar Speckscheiben und eine Scheibe Brot und goss nach dem Abwasch das Schmutzwasser in den Brennnesselstreifen unter meinem Fenster. Dann kletterte ich die Leiter hinab und begab mich hinter die Fliederbüsche (stets mit einem argwöhnischen Blick auf die Sense), um mich dann anschließend zu rasieren – dabei diente mir Elijah Fletchers Steinsarg als Waschtisch. Mittlerweile hatte sich für gewöhnlich auch Moon geregt und wartete darauf, dass ich auf einen Becher Tee und einen Plausch zu ihm ins Zelt kam – wir hatten es uns angewöhnt, uns nicht an die Arbeit zu machen, ehe der erste Gong der Schulglocke erklungen war.

Einmal angefangen, arbeiteten wir – abgesehen von einer kurzen Mittagspause – durch bis sechs oder sieben am Abend. Auf meiner Plattform oben pirschte ich mich vorsichtig an meine Opfer heran (ich hoffe, Sie sehen mir diese dramatische Formulierung nach) und probierte zunächst gedanklich dies und das aus, denn in meinem Beruf hat man stets nur einen Versuch. In der Tat saß ich für gewöhnlich mehrere

Minuten lang einfach wie ein Hottentotte im Schneidersitz da und ging im Geiste die einzelnen Schritte des vor mir liegenden Arbeitstags durch.

Wie auch immer, ein paar Tage nach meinem Besuch bei den Keaches befand ich mich mitten in dieser Inszenierung, als Kathy Ellerbeck auf ihre übliche geräuschvolle Art hereinkam. »Hallo, Sie da oben, Mr Birkin!«, rief sie. »Keine Angst, ich bin nicht gekommen, um Sie zu stören.« Dann setzte sie sich in eine von Sonnenlicht geflutete Bank.

»Das sagen die Leute immer, bevor sie *anfangen,* mich zu stören«, sagte ich. »Also sag, was zu sagen du gekommen bist, damit ich weitermachen kann. Und warum bist du nicht in der Schule? Genau, warum haben wir heute Morgen die Glocke nicht gehört?«

»Wir haben Ferien«, rief sie. »Für einen Monat!«

»Viel zu lange«, sagte ich. »Aber wenn dir langweilig ist, kannst du ja deiner Mutter zur Hand gehen.«

»Mam meint, sie kann sich nicht vorstellen, wie Sie gut von dieser Arbeit leben können. Sie meint, so viele verborgene Wandgemälde kann es ja nicht mehr geben.«

»Nun, das tue ich ja auch nicht.«

»Was?«

»Nun, gut von meiner Arbeit leben. Hatten wir nicht gerade darüber gesprochen?«

»Stimmt. Aber warum wechseln Sie dann nicht einfach den Beruf und bleiben hier in Oxgodby?«

Ich fragte sie, welchem Broterwerb ich denn nachgehen könne. Ob sie glaube, ihr Vater würde mich als Gepäckträger auf dem Bahnhof einstellen.

»Nein, natürlich nicht. Ein Gepäckträger muss nicht so gebildet sein wie Sie.«

»Was dann?«, fragte ich.

»Sie könnten für die Gemeinde arbeiten, zum Beispiel als Pachteinnehmer oder Lehrer – Sie waren doch auf dem College.«

Aber nicht auf dieser Art von College, sagte ich.

»Ich habe Miss Wintersghyll gefragt, und sie meint, wenn Sie die Oberschule besucht haben, könnten Sie als normaler Lehrer arbeiten, aber Sie müssten es sich von Anfang an aus dem Kopf schlagen, jemals Schulrektor zu werden.« Und als ich sagte, dass sie ziemlich erpicht darauf scheine, mich in Oxgodby zu halten, erklärte sie, ihre Eltern hätten Gefallen an mir gefunden, und ihren Freunden sei ebenfalls an mir gelegen, außerdem hätte ich durch meine ungewöhnlichen Erziehungsmethoden in der Sonntagsschule Eindruck im Dorf gemacht und auch, weil es mir nichts ausmache, im Glockenturm zu wohnen, so ohne jeden Komfort.

»Ah, wenn es so ist, werde ich es mir durch den Kopf gehen lassen. Also Lehrer? Mit einem Rohrstock hinter dem Wandschrank? Mit aller Härte durchgreifen. Kannst du dir mich in dieser Rolle vorstellen?«

»Nein«, räumte sie ein. »Aber ich nehme an, ich würde mich schon an diese Vorstellung gewöhnen. Und Sie bestimmt auch, Sie müssten es sich einfach nur vornehmen.«

»Na gut!«, sagte ich. »Abgemacht. Ich mag es, wenn man eine hohe Meinung von mir hat, dann werde ich es mir eben vornehmen. Eines Tages wirst du von dir behaupten können: ›Ich kleines Ding habe ihn damals umgestimmt: Er verdankt alles mir.‹

Aber jetzt muss ich zusehen, dass ich mir den Rest meines Honorars verdiene, den mir Mr Keach bestimmt an einem der nächsten Tage aushändigen wird.«

Und so ging es noch eine Weile hin und her, bis ich nach einer ungewöhnlich langen Gesprächspause hinuntersah und bemerkte, dass sie nicht mehr da war. Sie hatte allerdings mein Selbstbewusstsein angeknackst: Niemand sollte sich gezwungen sehen – nicht einmal gegenüber so rechtschaffenen Leuten wie den Ellerbecks –, den Wert der eigenen Arbeit zu rechtfertigen, oder? Unser Beruf ist unsere ganz private Fantasie, unsere Tarnung, der Umhang, unter dem wir uns verstecken können. Und gleich zweimal in einer Woche zur Rechenschaft gezogen zu werden war ungerecht. Aber genau das war mir widerfahren.

Auch Alice Keach blieb immer unten. Diskret ließ sie die Tür einen Spalt offen und setzte sich in die hinterste Bank, von ihrem breitkrempigen Strohhut (eine Rose im Hutband) beschirmt. Bis auf ein gelegentliches Knarren, wenn ich auf dem Gerüst einen Schritt zurück tat, um zu begutachten, was ich soeben gemacht hatte, war es so still in der Kirche, dass wir, obwohl uns gut dreißig Meter trennten und ich ihr den Rücken zuwandte, so zwanglos miteinander plaudern konnten, als stünden wir im Hof draußen. Es war keine konventionelle Konversation – nicht mehr als eine gelegentliche Bemerkung, eine Frage, eine Antwort, ein Ausruf. Tatsächlich brauchte ich sie gar nicht anzuschauen: Allein die Art, wie sie etwas sagte, ließ ihre Miene vor mir erscheinen.

»Wie sind Sie eigentlich zu dieser Art Beschäftigung gekommen, Mr Birkin?« (Ein verschmitzter Zug um ihre Lippen, gespielt unschuldiger Blick.) »Ich meine, wie haben Sie entdeckt, dass es einen solchen Beruf überhaupt gibt? Wurde er schon vor Ihnen von jemandem in Ihrer Familie ausgeübt?«

(Ach, wenn sie hätte sehen können, wie Dad in seinem Büro in der Duftseifenfabrik seinen Gladstone-Koffer mit Mustern bestückte!) »Nun ja, auf gewisse Weise schon, Mrs Keach. Wie klug Sie sind, dass Sie das erraten haben. Wir waren tatsächlich im Reinigungsgeschäft.«

»Wie interessant! Und sind Sie mit Ihrem Vater herumgereist, um sich mit den Feinheiten dieser Tätigkeit vertraut zu machen?«

»O nein – nie. Er konnte es nicht leiden, auf Reisen jemanden dabeizuhaben. Seine Arbeit beanspruchte ihn nervlich sehr. Kam immer mit schlechter Laune nach Hause. Sprach nichts. Ging schnurstracks in den Garten. Nahm nicht einmal den Hut ab. Wenn er irgendwelches Zeug abschneiden konnte, besserte sich seine Laune ein wenig. Meine Mutter und ich haben immer um die Rosen gebibbert. Die ersten zehn Minuten waren die schlimmsten; da konnte alles Mögliche passieren. Tja, ein hitziges Temperament, Sie wissen schon. Wie Künstler halt so sind.«

Ich arbeitete gerade an den drei feinen Herrn aus Lukas 16, die in ihrer seligen Ahnungslosigkeit nichts von dem Richterspruch wissen, der sie erwartet. Der Umhang des zweiten war ein prachtvolles Gewand – rot mit grünem Futter. Ein sehr gutes Rot, das beste, was es gab, hier hatte der Maler nicht gegeizt, es war Sinopia-Hämatit, um genau zu sein, nicht zu verwechseln mit Sinopia, der roten Erde, von der man ganze Schiffsladungen aus der gleichnamigen Stadt am Pontus Euxinus heranschaffte, wie das Schwarze Meer damals hieß. Das ist das Rot, das sich dunkel verfärbt, kaum dass man den Pinsel weggelegt hat: Nun, es überdauert, und damit ist alles darüber gesagt. Tatsächlich ist es an feuchten Wänden das Einzige, was überlebt. Aber zurück zum Umhang dieses Kerls. Die Farbe basiert auf Harz, damit sie nicht ausläuft; in der Totenmesskapelle der Familie Giffard in Boyton hat man eine Muschelschale mit einer verkrusteten Einlagerung davon im Brandschutt gefunden, der von einem früheren Feuer herrührt.

Nun, wobei wir wieder bei dem leidigen Thema wären: Wenn man gute Qualität haben will, muss man auf die eine oder andere Weise dafür bezahlen. (Vinny hatte Qualitäten, und ich habe teuer dafür bezahlt.)

»Von hier unten kann ich nicht viel erkennen, Mr Birkin. Würden Sie mir bitte verraten, woran Sie im Moment arbeiten?«

»Ich reinige gerade den Mantel eines feinen Herrn.«

»Ist er stark verschmutzt?«

»Und wie! Aber man kann Talgkerzen schließlich nicht nachträglich zur Verantwortung dafür ziehen, dass sie eine hübsche Fettschicht hinterlassen, in der sich dann allerlei Dreck absetzen kann. Ihr modernen Frauen wisst ja gar nicht, wie gut ihr es habt.«

(Was einen vor Schreikrämpfen bewahrt … nun, das ist vielleicht ein bisschen übertrieben … sagen wir, es erleichtert einem die Arbeit, wenn man ein Gespür dafür hat, wie die Dinge damals waren. Worauf ich hinauswill, ist, dass man sich erst einmal einen Zugang zum Mittelalter schaffen muss, um die Zusammenhänge zu begreifen. Die Menschen damals waren nicht einfach wie wir, nur in prächtigen Kleidern, die Höhergestellte geihrzt und geeuchzt und »Gehabt Euch wohl« gesagt und sich überhaupt einer für unsere Ohren geschraubten Sprechweise bedient haben. Im Gegensatz zu uns standen ihnen nur wenige Arten der Zerstreuung zur Verfügung – zwischen Geburt und Tod, Schlaf,

Arbeit und den Gebeten, die sie an den allmächtigen Vater und seinen leidgeprüften Sohn richteten, wenn das Leben sie mal wieder arg beutelte. Bei meiner Tätigkeit hilft es, wenn man die Kerzen riechen kann, wenn man weiß, wie sie bei Zugluft tropfen, dass sie angezündet wurden, um Erleichterung für die Seelen der Verstorbenen im Fegefeuer zu erbitten, wenn man sehen kann, wie ihr Rauch zwischen den Bildern emporwabert, zwischen den Arkaden hindurchweht, wie sich der Ruß auf Konsolen und Schlusssteinen niederlässt und den Stein schwärzt, hoch oben, wo die Putzfrauen ihn nicht erreichen können.

Das mag ein bisschen nach Larifari klingen, aber genau darum geht es: Wenn man sehen oder sich ausmalen kann, was für ein Kommen und Gehen an einem Ort vom ersten Tageslicht bis zur Abenddämmerung geherrscht hat, wie die Menschen vor den Bildern niederkauerten und andächtig nickend Brüste und Köpfe mit den Fingern berührten, die gerade noch mit schmutzigen Kochtöpfen hantiert hatten, wie sie mit ihren ungewaschenen Gesichtern zu dem einzigen Gemälde hinaufstarrten, das sie ihr Leben lang zu Gesicht bekommen würden – nun, dann legt man sich noch ein bisschen mehr ins Zeug, dann macht man sich nicht nur mit alkoholischer Salzsäurelösung, sondern auch mit Gefühl ans Werk.)

»Mr Birkin … Mr Birkin … ist es in Öl gemalt oder mit Wasserfarben, oder was ist es eigentlich genau?«

»Es ist alles Mögliche, Mrs Keach. Man nehme, erstens, blaue Pigmente zu vier Shilling und vier Dime das Pfund, dann einen Sack Verdigris zu zwölf Dime das Pfund, ferner Roten Ocker, drei Pfund zu einem Penny, ungefähr ein Zentner Weizenmehl … Stark vereinfacht könnte man es ›Temperamalerei‹ nennen. Und was die Mauer anbelangt – nun, unten im sündhaften Süden hätte man sie mit einem Gemisch aus von der Gemeinde gespendeter abgeschöpfter Milch und Kalk verputzt; hier oben mit Löschkalkputz, nur mäßig feucht, damit er schnell wieder trocknete. So, nun wissen Sie ungefähr, was es ist.«

»Sie machen sich wohl über mich lustig. Ganz so dumm bin ich nicht, wissen Sie. Eine meiner Tanten hat mir zum Geburtstag einmal einen Farbkasten geschenkt: Ich erinnere mich, dass sich darin auch ein Töpfchen mit herrlichem Purpur befand.« Und dann dieses klirrende, glockenähnliche Lachen.

»Ich mache mich nicht über Sie lustig, Mrs Keach. Fragen Sie Mr Dowthwaite in der Dorfschmiede – er weiß, was ein Notbehelf ist, hier ein bisschen flach klopfen, dort ein bisschen weiten, bis man das hat, was es nicht im Eisenwarenhändlerkatalog gibt. Der Bursche meines verstorbenen Kollegen hier musste sich (für zehn Pence die Woche) mit einem Kanten Marmor behelfen, auf dem er sich die Fingerknöchel blutig rieb beim Zermahlen von Spanischweiß, Indigo aus Bagdad, kornischem Malachit und Terre Verte. Außerdem benutzte er eine Zinnschüssel, um die damals mickrigen Eier darin aufzuschlagen: Ich habe mir sagen lassen, dass sie nicht größer waren als die von Ringeltauben. Natürlich saugte er das Eigelb heraus, bevor er das Eiweiß mit Farbe verrührte. Und mein längst verstorbener Malerfreund rief von oben herunter: ›Hey, du Faulenzer, ein bisschen mehr Grün.‹ – ›Welches Grün?‹ – ›Das Mantelfutter-Grün, Dummkopf! Malachit! Und beeil dich, wir arbeiten schließlich im Akkord. Donnerstag in der Frühe müssen wir nach Beverley, und der Himmel weiß, in welchem Zustand die Straßen in den Holderness-Sümpfen sind.‹«

»Der arme Junge!«

»Der Glückliche! Jedenfalls besser, als sich auf einem schmalen Pachtstreifen hinter dem Pflug abzurackern oder in einer Klosterschule den Hintern versohlt zu bekommen. Wie auch immer, gerade Sie haben keinerlei Grund, ihn zu bedauern: Schließlich hat er den Altar Ihres Mannes benutzt, um die Farben darauf zu zerreiben.«

»Du lieber Himmel! Woher wissen Sie denn so genau, was der Bursche getan hat?«

»Ich habe eine rötliche Verfärbung in einer Kerbe eines der Weihekreuze auf dem Altar entdeckt.«

Derlei Gespräche führten wir. Und wenn ein ungewöhnlich langes Schweigen eintrat, wusste ich, dass sie gegangen war.

Vor diesem Sommer in Oxgodby hatte ich seit meiner Jugend keinen Gottesdienst mehr besucht. Rückblickend glaube ich, dass ich mit ungefähr siebzehn oder achtzehn ein Ungläubiger geworden war, und es kann sich um keinen bedachten Entschluss gehandelt haben. Meine Eltern waren keine Kirchgänger, hatten aber kirchlich geheiratet und mich taufen lassen und, nehme ich an, vage an ein Leben nach dem Tod geglaubt. Während der Angelsaison verließ mein Vater fast jeden Sonntag früh das Haus. Davor streckte er kurz den Kopf in mein Zimmer und sagte: »Ich gehe meinen Schöpfer am Flussufer preisen: Kümmere dich um deine Mam.«

Nun, dort oben in North Riding wurde ich ins kalte Wasser geworfen: Sonntags weckte mich mit voller Wucht Mossop, wenn er die Glocke, die direkt über mir hing, zu läuten begann, wobei ich mich nur auf die andere Seite drehte und wieder die Augen zumachte – das Seil, das zwischen Boden und Decke rauf- und runterfuhr, machte mich schläfrig. Und dann hörte ich mit halbem Ohr, wie unter mir Keach seinen Eucharistie-Ritus vollzog, dessen Geräusche am Baluster entlang zu mir emporwaberten. Und abends fand ich mich laut mitsingend in der Kirchenbank der Ellerbecks bei den Methodisten wieder; obwohl ich so oder so jeden Sonntag zum Mittagessen im Stationsvorsteherhaus eingeladen war, fühlte ich mich moralisch dazu verpflichtet, mir mein Essen zu verdienen, und so ließ ich mich regelmäßig in der Kapelle blicken. Offen gestanden bin ich mir nicht sicher, ob ich es, nachdem es mir zur Routine geworden war, nicht sogar genoss. Doch, ich genoss es.

Es war eine lebendigere Darbietung, als Keach sie bot. Zum einen war jedes Mal ein anderer Laienprediger an der Reihe – häufig Büroangestellte oder Ladeninhaber, einmal sogar ein Hefehändler. Aber größtenteils waren es schlichte, raue Männer aus dem Volk – Bauern oder ihre Gehilfen, die mit zwölf oder dreizehn die Schule verlassen hatten. In ihren Glaubensgrundsätzen waren sie genauso unerschütterlich wie ein Bischof, aber da sie in der Mundart predigten, die hinter Kilburn und Rievaulx zu Hause war, klangen ihre Worte in meinen Ohren wie eine Fremdsprache, jedenfalls wie ein Zungenschlag, den meine Vorfahren aus dem Süden längst vergessen hatten. Ihr Englisch war bisweilen so abenteuerlich, dass selbst Kathy am Harmonium und einige Chormitglieder, deren Gesichter ich sehen konnte, leise in ihre Taschentücher prusteten.

Ich erinnere mich, wie ein alter Bauer sich einmal seines Pflichtbewusstseins rühmte. »Die Missus und ich, wir hab'n 'ne Lehmstraße vor'm Haus, 'ne sehr lange Lehmstraße, und wenn es wie aus Kübeln schüttet, wird der Lehm klebrich. Einmal hat die Missus am Sonntag gesagt: ›Vadder, ich geh heut nich in die Kapelle, sonst kriecht mir der Schlamm über'n Stiefelrand.‹ – ›Nee‹, sach ich, ›von so'n bisschen Schlamm darfst du dich nicht abhalten lassen, ich nehm dich einfach Huckepack, bis wir den schlimmsten Teil hinter uns ham …‹«

Mittlerweile, glaube ich, haben die Gesamtschulen und die BBC diesen herrlich näselnden Tonfall mit ihrem grauenhaften Einheitsidiom ausgemerzt. Aber damals, im ausgehenden Pferdezeitalter, hatte ein Verkünder des Evangeliums keine anderen Vorbilder als einen vorigen Prediger, den er bewundert hatte. Auch auf Mr Ellerbeck traf das zu, der die Dorfschule mit vierzehn verlassen hatte und, noch keine zwanzig, selbst Prediger geworden war. Im normalen Leben ein weichherziger, bescheidener Mann, verwandelte er sich, kaum hatte er die Kanzel betreten, in seinen eigenen Vater, der, wie es schien, ein leidenschaftlich ungestümer und irrationaler Mensch gewesen sein musste.

Es stimmt nicht ganz, dass er sich beim Erklimmen der Kanzeltreppe gänzlich verwandelte; wenn er das nächste Kirchenlied ankündigte, war er recht milde – und nur ein bisschen heftiger, wenn er seinen ermüdend ehrerbietigen Gehorsam gegenüber dem orientalischen Despotismus des Alten Testaments an den Tag legte. Aber sobald er sich von den tosenden Wogen seiner Predigt hinwegtragen ließ, brüllte und tobte er wie ein Verrückter und schlug hin und wieder mit seiner großen Faust aufs Pult, sodass die Wasserkaraffe einen bedrohlichen Satz machte. Währenddessen ließ seine arme Frau beschämt den Kopf hängen, und an ihren zuckenden Händen konnte man sehen, wie sehr sie litt. Zum Glück kam er, nachdem er von der Kanzel heruntergestiegen war, wieder zu sich, wie jemand, der einen krampfartigen Anfall überstanden hatte und sich nicht daran erinnerte.

Nun, nach dem Abendgottesdienst, begab man sich für gewöhnlich wieder ins Wohnzimmer des Stationsvorsteherhauses, wo ein Pedalharmonium amerikanischer Bauart stand, eine fantastische Anfertigung mit Elementen, die heraus- und hineinglitten, und solchen, die geschwungen oder gepresst werden konnten, mit Schwellwerk, Registern, Spiegeln, zwei säulenförmigen Blumenständern, Armlehnen, damit sich ein von seinen Gefühlen überwältigter Bariton darauf abstützen konnte, vier schwenkbaren Messingkerzenhaltern, die so hingedreht werden konnten, dass sie ein vorteilhaftes Licht sowohl auf die Sänger als auch das Lied warfen; all das wurde gekrönt von einer verzierten Brüstung, hinter der die Glaskaraffen und Porzellankannen aus dem Familienerbe sicher präsentiert wurden.

Wie auch immer, nach dem Sonntagsgottesdienst waren alle eingeladen, sich um dieses großartige Instrument zu versammeln, und abgesehen von dem gemeinsamen Singen von Kirchenliedern wurden die Gäste auch ermuntert, die Anwesenden mit einem Solo zu erfreuen. Damals bildete ich mir ein bisschen was auf meinen lyrischen Bariton ein, und als ich an der Reihe war, gab ich ein Lied zum Besten, das in den Kasernen und in den Herrenclubs immer gut angekommen war. Es begann so:

»Es saßen einst in lust'ger Runde
In einer Schenke am Rhein
Drei zünftige, fesche Burschen
Und schlürften genüsslich Wein.«

Als ich endete – nach sechs Strophen –, sahen die Versammelten entweder betreten über meine Schulter hinweg oder auf den Kaminvorleger hinab; es war eine ziemlich befremdliche Erfahrung für mich. Schließlich sagte Mrs Ellerbeck: »Das war sehr nett, Mr Birkin. Abgesehen von der Strophe über das Trinken. Es klingt so gesellig, aber man denke nur an das Elend und die Verzweiflung zahlloser Ehefrauen und Kinder!« Nun, das kratzte ganz schön an meinem Selbstbewusstsein.

Anschließend begleitete mich Mr Ellerbeck zur Kirche zurück. »Nehmen Sie es bitte nicht persönlich«, sagte er, »Mrs Ellerbeck hat es nur gut gemeint. Behalten Sie es für sich – aber ihr Dad war ein Trinker, der nicht wusste, wann es genug war. Es gibt viele von der Sorte oben in den Wolds: Das liegt an ihrem dänischen Blut. Ihr Vater hatte tatsächlich einen langen blonden Bart und blaue Augen. Ich fürchte, er hat mich nie gemocht.

Als Londoner wissen Sie vermutlich nicht viel darüber, wie die Leute im East Riding wohnen. Die Häuser haben keine Flure, man geht von einem Zimmer ins nächste. Daher befindet sich die Treppe nach oben meistens im letzten Zimmer, und sie ist sehr steil und hat kein Geländer, und die Tür am unteren Ende hat nur einen einfachen Haltegriff ohne Schloss. Offenbar war es so, dass ihr Dad mitten in der Nacht aufgestanden ist, um den Abort zu benutzen, doch muss er noch so vom Alkohol benebelt gewesen sein, dass er die Treppe runtergefallen und, weil er ein großer, schwerer Mann war, geradewegs durch die Tür gekracht ist.«

Du meine Güte. Was für eine Vorstellung! Zuerst nächtliche Stille und dann plötzlich dieser furchteinflößende Radau, als er in dem engen Treppenhaus von Wand zu Wand rumpelte, ohne einen Handlauf, an dem er sich festhalten konnte, um dann mit der Tür ins stockfinstere Wohnzimmer zu fliegen, wo womöglich auch noch ein Stuhl unter der hereinbrechenden Lawine zu Bruch ging. Dann noch ein ersticktes Ächzen und kurz darauf seine entsetzte Familie, die in seine weit aufgerissenen, unbewegten blauen Augen starrte.

»Sicher«, fuhr Mr Ellerbeck fort, »auch ich bin gegen das Trinken, strikt sogar. Aber nicht ganz so erbittert wie meine Frau.«

Danach sah ich Mrs Ellerbeck mit ganz anderen Augen. Davor war sie einfach nur eine nette Hausfrau gewesen. Aber jetzt – na ja, überlegen Sie mal. In einem Haus mit zwei, drei Zimmern zusammen mit diesem bärtigen Riesen eingepfercht zu sein, der, wenn er gezecht hatte, zu einem unberechenbaren Fremden wurde, und ihrer Mutter, die sich bemühte, ihre Angst und Wut zu verbergen. Und dann dieses niederschmetternde grässliche Ende mitten in der Nacht! Wenn ich jetzt an mein dummes Lied dachte, schämte ich mich in Grund und Boden. Und wie glimpflich mich diese arme Frau hatte davonkommen lassen; als ich in meine Jackentasche langte, fand ich darin sogar noch ein Päckchen mit Beef-Sandwiches!

Und als wir uns das nächste Mal um das Harmonium versammelten, bot sie mir großzügig die Gelegenheit zur Wiedergutmachung. »Oh, Mr Birkin«, sagte sie, »uns hat die Melodie dieses Lieds, das Sie uns neulich vorgesungen haben, sehr gefallen. Singen Sie es uns doch bitte noch mal vor. Wenn Sie vielleicht nur den Text ein bisschen abwandeln könnten?« Und das tat ich, zu meiner Seelenrettung …

»Es saßen einst in trauter Runde
in einer Teestube am Rhein ...«

Nur Kathy schien meiner Darbietung eine gewisse Komik abgewinnen zu können, aber sie war ein großherziges Mädchen und drehte mir keinen Strick daraus.

Mittlerweile hatte ich das Gemälde am Scheitelpunkt und auf der linken Seite der Chorbogenwand beinahe freigelegt. Die Höhergestellten hatten die ihnen gebührende Aufmerksamkeit erhalten; der Maler hatte sogar Blattgold für die Gewänder benutzt und zu meinem Erstaunen auch das inzwischen dunkel verfärbte Zinnoberrot, das seinerzeit die Lippen und Wangen des Engelspersonals belebt hatte. Allem Anschein nach war ihm die Großzügigkeit dessen, der das Geld zur Verfügung gestellt hatte, hier und da zu Kopf gestiegen, und er war mit den kostbaren roten Farben und dem fast verboten teuren Blattgold erstaunlich verschwenderisch umgegangen.

Doch kaum hatte er sich (so wie ich jetzt) an die verdammten Seelen gemacht, die vor dem Flammenmeer zurückscheuten oder kopfüber hineinstürzten, war er zu dem billigen Zeug übergegangen, Roterde und Eisenoxide. Allein die Konzentration ähnlich Gearteter bewahrte sie vor einem unvorteilhaften Vergleich mit dem Erzengel Michael, bei dem nicht gegeizt worden war, und seinen blutrünstigen roten Händen. Außerdem hatte der Maler die farbliche Ungerechtigkeit durch die kraftvolle Darstellung wieder wettgemacht: Hier schien er so richtig in Fahrt gekommen zu sein. Oben an der Spitze hatte er äußerst kompetent gearbeitet, nun, mehr als das, denn er war ein Meister seines Fachs und konnte gar nicht anders, als gute Arbeit abzuliefern. Aber jetzt, wo es an die unteren Hänge ging, hatte er nicht nur sein Können aufgeboten, sondern auch Herz und Seele.

Tag für Tag legte ich ein paar weitere Zentimeter dieser brodelnden Kaskade aus Knochen, Gelenken und von Würmern wimmelnden Organen frei, die sich über die glühende Brüstung ergoss. Ein paar wenige Bösewichte waren noch intakt. Ihnen hatte er nicht besonders viel Aufmerksamkeit geschenkt; sie waren einfach nur Futter fürs Feuer. Bis auf einen. Und er war, ich wäre jede Wette eingegangen, ein Porträt – eine sichelförmige Narbe auf seiner Stirn ließ das beinahe als sicher erscheinen. Sein blondes Haar loderte wie eine Fackel, während er wie in Nachfolge des Agnostikers Simon Magus kopfüber die Mauer hinabstürzte. Zwei Teufel mit von zartem Pelz bedeckten Beinen nahmen ihn in Empfang, der eine packte ihn am rechten Handgelenk, der andere zerteilte ihn mit einer Schere.

Es war das außergewöhnlichste Detail eines mittelalterlichen Gemäldes, das ich je gesehen hatte, und es nahm die Werke der Brueghels um hundert Jahre vorweg. Was hatte ihn dazu bewogen, seiner Zeit mit diesem Detail in einem Riesenschritt vorauszueilen?

So stand ich an diesem denkwürdigen Tag da und wusste, ich hatte ein Meisterwerk vor mir, und konnte es mir, weil ich nicht darauf vorbereitet gewesen war, kaum eingestehen, ich fühlte mich wie ein gieriges Kind, das die besten Süßigkeiten in einer Schachtel gehortet hat. Tagsüber vermied ich es, das Gemälde in seiner Ganzheit zu betrachten, sondern widmete mich mit übertriebenem Eifer den Einzelheiten. Doch am frühen Abend, wenn die von Westen an meinem Baluster vorbei hereinfallende Sonne die Wand kurz aufleuchten ließ, trat ich einen Schritt zurück, wobei ich noch immer vermied, das Ganze in den Blick zu nehmen. Dann schaute ich hin.

Es war schlicht atemberaubend. (Jedenfalls raubte es mir den Atem.) Ein gigantischer Wasserfall aus Farben, das erhabene Himmelsblau vermischte sich weiter unten schäumend mit den turbulenten Rottönen; wie jedes große Meisterwerk erschlug es den Betrachter in seiner Gesamtheit, ehe es ihn mit den Einzelheiten entzückte.

Eines Abends war ich so in der Betrachtung versunken, dass ich nicht hörte, wie Moon die Leiter hochgeklettert kam, und erschrak dennoch nicht, als er neben mich trat. Als er nach einer Weile zu reden begann, war mir klar, dass er ebenfalls in den Anblick des Gemäldes versunken gewesen war.

»Sie wissen natürlich, dass es für Wirbel sorgen wird, sobald es sich herumgesprochen hat?«, sagte er. Ich nickte. »Gibt es irgendwo sonst etwas Vergleichbares? Etwas von derselben Meisterschaft?« Nein, sagte ich. Früher ja, aber jetzt nicht mehr. Croughton, Stoke Orchard, St. Albans, Great Harrowden – sie alle seien in ihrer jeweiligen Zeit großartig gewesen. Aber jetzt nicht mehr.

»Schauen Sie hin«, sagte er. »Schauen Sie die Gesichter an. Sie sind merkwürdig wachsam. Ich könnte schwören, dass es wirkliche Menschen sind. Nun, wirkliche Menschen waren. Diese beiden Hirtenengel zum Beispiel, die mit den Peitschen: Die tanzen tatsächlich, unglaublich! Wissen Sie, auf gewisse Weise erinnert es mich wieder an das blutige Schlamassel in Frankreich – vor allem an die Winter. Diese roten Abende, wenn das Trommelfeuer eingesetzt hatte und sich jeder von uns fragte, ob es die Nacht sei, in der er …

›Von dort wird er kommen mit blut'gen Wunden,
Zu richten die Lebend'gen und die Toten.‹«

Ich sah es nicht so. Jedenfalls wollte ich es nicht so sehen. Oxgodby war eine andere Welt: musste es sein. Das hier war für mich lediglich ein mittelalterliches Wandgemälde, etwas für seine Entstehungszeit ganz Besonderes, aber mehr nicht. Nun, jeder von uns sieht die Dinge mit anderen Augen, und es bringt einen auch nicht weiter, zu hoffen, dass wenigstens einer von tausend es genau so sieht wie man selbst. Daher ließ ich es bei der Erklärung bewenden, dass dieses Gemälde so einzigartig sei, weil es von einem einzigen Künstler gemalt worden sei, während man zum Beispiel bei dem von Chalgrove annehme, dass der Meister selbst nur die Vorzeichnung angefertigt, die Ausmalung aber seinen Gehilfen überlassen habe. Ich glaube jedoch, er hörte mir gar nicht zu.

»Jetzt bilde ich mir mächtig was ein«, sagte er. »Nur Sie und ich wissen davon, für eine geraume Weile, bevor der Kunstkritiker der *Times* Wind davon bekommt und verkündet, dass es hier ein ikonografisches Wunder zu bestaunen gibt, und die akademischen Parasiten herbeitrommelt, um dem Bild seine Magie zu rauben. Noch gehört es nur uns …

›Und wir, die wir hier gewesen,
werden leibhaftig, fürcht' ich,
aus unsren Gräbern aufersteh'n
und treten vor Sein Angesicht …‹

Ich glaube, damals hätte ich die Religion besser vertragen, als es richtig zur Sache ging.«

»Alice Keach kennt es auch.«

Er sah mich neugierig an und sagte: »Ich hatte eigentlich gehofft, dass sich zwischen Ihnen beiden was tut. Nein? Schade! Keach hat sie nicht verdient.«

»Vor einer Woche habe ich ihr erlaubt, heraufzukommen. Immerhin schaut sie alle paar Tage vorbei, setzt sich in die hinterste Bank und legt ein kluges Interesse an den Tag.«

»An dem hier? Oder an Ihnen? Wir haben nie darüber gesprochen – sind Sie eigentlich verheiratet?«

Ich erzählte ihm von Vinny und dass sie mit einem anderen davongelaufen war. Ich sagte ihm nicht, dass sie mich mit ziemlicher Sicherheit davor auch schon betrogen hatte, während ich im Krieg war. Auch nicht, dass sie mich davor bereits einmal verlassen hatte.

»Gut, dann ist erst recht nichts dagegen einzuwenden«, sagte Moon. »Wollte nicht neugierig sein, aber ich hatte das Gefühl, wir kennen uns inzwischen gut genug, dass ich Ihnen eine persönliche Frage stellen kann. Ich selbst bin noch nicht dem richtigen Menschen begegnet.«

Eine Weile schwiegen wir.

»Es gibt ein paar Details, die Sie interessieren dürften«, sagte ich und deutete auf den hinabstürzenden Mann. »Zum Beispiel der hier – er wurde schon Jahre vor dem Rest übermalt.«

Moon trat näher heran und untersuchte ihn mit lebhaftem Interesse. »Ja«, sagte er, »ich sehe, worauf Sie hinauswollen. Diese sichelförmige Narbe – man könnte meinen, dass es ein Merkmal ist, an dem man ihn erkennen sollte. Aber das hätte Ihr Maler gewiss nie gewagt. Wie dumm! Ein Rätsel, das Sie wohl niemals lösen werden, Birkin.«

Er wandte sich von dem in die Hölle stürzenden Mann ab und ließ den Blick am Dachgewölbe entlangwandern.

»Diese Scheitelsteine«, sagte er. »Ich bleibe bei meiner Theorie, dass sie nicht an ihrer ursprünglichen Stelle sind. Sie stammen von woanders. Der Ururur-etc.-Großvater von unserem alten Mossop, glauben Sie, er war in den 1530ern so geistesgegenwärtig, die wertvollsten Stücke vom Altar abzusägen und sie irgendwohin zu nageln, wo niemand sie erreichen konnte, bevor die reformatorischen Vandalen einfielen? Apropos Mossop, was hält er von dem Gemälde?«

Ich lachte. »Er hat sich noch nicht dazu geäußert. Aber nicht viel, nehme ich an. Er stimmt mir jedoch zu, dass, wenn ein paar Monate ins Land gegangen sind, die Kirchgänger es gar nicht mehr wahrnehmen werden. Außerdem bin ich mir ziemlich sicher, dass er genau wie ich glaubt, Keach wird es wieder übertünchen lassen, sobald ich im Zug nach London sitze. Mossop hat keine besonders hohe Meinung von seinen Mitmenschen.«

»Wie kommt er mit Keach aus?«

»Oh, das kann ich Ihnen mit seinen Worten beantworten, er sagte etwas wie: ›Nun ja, Master Birkin, Sie wissen ja, wie's is, der eine Pfarrer kommt, der andre geht, aber unsereins bleibt, wo er is.‹«

Dann stiegen wir vom Gerüst hinab und gingen, nachdem ich an der Pumpe im Kirchhof meinen Durst gestillt hatte, zu Moons Zelt hinüber, um Tee aufzubrühen. Es war ungefähr sieben Uhr abends und so ruhig, dass ich das Gefühl hatte, man hätte hören können, wenn jemand eine Meile weiter weg gesprochen hätte.

Wir setzten uns in die warme Abendsonne: Er rauchte, und ich dachte an Alice Keach. In Anbetracht der Tatsache, dass ich ganz von meiner Arbeit eingenommen wurde und sie Mrs Keach war, hatte ich in ihr bislang immer nur eine bezaubernde Frau gesehen, mit der ich gern plauderte und die ich, wenn sich ein Vorwand ergab, gern ansah. Aber Moons hypothetische Nachfrage hatte etwas in mir angestoßen, und für eine Weile überließ ich mich einem süßen, beunruhigenden Tagtraum: Wir beide beim Abendessen in einem abgeschiedenen Zimmer, wo ich ihre Hand nahm, sie berührte und küsste. Ein Zimmer im oberen Stock, wo durch das geöffnete Fenster die Gerüche und Geräusche eines Obstgartens und der weit entfernten Wiesen hereinwehten. Und in der Abenddämmerung kamen wir uns näher. Nun, Träume darf man ja haben …

»O Gott, da kommt er«, murmelte Moon. »Und trägt eine Leichenbittermiene zur Schau.«

»Guten Abend!«, sagte Keach und fügte dann, nachdem keiner von uns geantwortet hatte, hinzu: »Ich war zufällig in der Gegend. Haben Sie inzwischen etwas gefunden, Moon?«

»Nein«, antwortete Moon.

»Nun, ich habe keine Sekunde daran geglaubt, dass es etwas zu finden gibt. Die arme Miss Hebron war zum Schluss nicht mehr ganz bei Sinnen.«

Moon erwiderte nichts. Keach trat unbehaglich von einem Fuß auf den anderen. »Hm«, sagte er halbherzig, »was für eine Geldverschwendung!«

Moon ließ den Blick in die Ferne schweifen.

»Es ist eine Schande!«, sagte Keach in heftigem Ton. Und machte auf dem Absatz kehrt.

»Wie hält die bezaubernde Alice es bloß mit ihm aus?«, fragte Moon. »Stellen Sie sich vor, Sie müssten mindestens drei Mahlzeiten am Tag mit ihm einnehmen und sich sein Gemecker anhören. Und dann das Bett mit ihm teilen!«

»Vielleicht ist er zu Hause anders«, sagte ich. »Nein, er ist dort *tatsächlich* anders. Wie dem auch sei, *ich* muss ihm zuhören, wo ich doch in seinem Weinberg arbeite.«

»Und worüber redet er so?«

»Nun, vor allem über den alten Ofen.«

»Das haben Sie mir schon einmal erzählt. Und zwar vor einigen Wochen; er kann unmöglich immer noch darüber reden.«

»Tja, keine Ahnung. Nein, ich weiß es wirklich nicht. Ich weiß nur, dass er mit mir redet. Aber worüber, kann ich nicht sagen. Er scheint auch keine Antworten zu erwarten. Das hat bisweilen etwas Beruhigendes.«

Moon gluckste in sich hinein. »Sie sind mir ein wunderlicher Teufel, Birkin«, sagte er. »Ich frage mich, wie *Sie* zu Hause sind.« (Interessanter Gedanke.) »Aber was nimmt der Kerl sich eigentlich heraus? ›Miss Hebron – sie war zum Schluss nicht mehr ganz bei Sinnen.‹ Ich wette, sie war noch ausreichend bei Sinnen, um ihm zu zeigen, wo es langgeht, denn er hadert noch immer mit ihr. Mossop meint, sie hat ihn von Anfang an richtig eingeschätzt und ihn in die Schranken gewiesen. Kommen Sie, ich bring Sie zur Höhle unserer Gönnerin.«

Wir schlenderten am Bach entlang und über eine kleine Fußgängerbrücke, dann weiter über eine schmale Straße zu einem mit grünem Schimmel bedeckten und aus den Angeln gehobenen Tor, durch das wir in eine von Unkraut überwucherte Einfahrt gelangten. Das Haus, frühviktorianisch, war riesig und hatte zahllose Fenster und Regenrinnen. Es stand inmitten von Rosensträuchern, die sich in Dorngestrüpp verwandelt hatten, einer wildwachsenden Wiese, die ehemals ein Rasen gewesen war, baumhohen Büschen, die zu Bäumen, und Bäumen, die zu einem dichten Wald geworden waren.

»Es heißt, Miss Hebron habe ihrem Haus sehr geähnelt«, murmelte Moon. »Sie sah anscheinend immer so aus, als hätte sie sich hastig ein paar Sachen übergeworfen oder aber in ihnen geschlafen. Mossop hat mir erzählt, sie habe auf einem Wohltätigkeitsbasar mehrere, ihr viel zu große Röcke gekauft und sie dann einen nach dem anderen über mehrere Jahre hinweg aufgetragen.«

»Also Sie müssen schon mit was Interessanterem aufwarten«, erwiderte ich. »Bislang klingt es so, als wäre sie nichts weiter als eine alte Vogelscheuche gewesen.«

»Sie hatte graue Augen. Ihre Haarfarbe hat sich, wie man mir erzählt hat, ständig verändert; ganz früher war sie orange. Sehr lange, schmale Nase. Am meisten Eindruck scheinen ihre Zähne auf die Leute gemacht zu haben. Sie waren extrem lang, und wenn sie lächelte ... Nun, Mossop meinte, es sei für ihn weniger beunruhigend gewesen, wenn sie ein finsteres Gesicht gemacht habe.«

Ich betrachtete das halb verfallene Haus. Es musste um die dreißig Zimmer haben, wenn nicht sogar mehr. Und lange Flure, Treppenhäuser, Abstellkammern, weitläufige Keller und Speicher. Die arme Frau! Ich stelle mir vor, wie sie nachts mit einer Kerze im Haus herumwanderte, die immer wieder ausging, wenn es in der knarrenden Dunkelheit durch die Ritzen zog.

»Früher wohnte offenbar eine ihrer Schwestern bei ihr – Miss Hetty. Andere Familien hätten sie in eine Irrenanstalt gesteckt, aber Miss Hebron ließ es nicht zu, dass man sie untersuchte.«

»Und jetzt ist der Colonel ganz auf sich gestellt?«

Moon nickte. »Wie denken Sie über das Altern, Birkin?«

Es war keine belanglos dahingesprochene Frage: Seine Miene verriet, dass er wirklich eine Antwort wollte, eine zweite Meinung.

»Ich kann es mir noch nicht vorstellen«, sagte ich. »Ich meine, ich kann mir nicht vorstellen, dass es mir passieren wird. Es ist noch zu weit weg. Nun, machen Sie sich deswegen Sorgen? Sie wissen ja selbst, wie es war: Bestimmt haben nicht viele von uns daran geglaubt, sich eines Tages über das Altwerden den Kopf zerbrechen zu müssen.«

»Oder darüber, was nach dem Tod kommt?«, sagte er.

»›Wer gut war, gehet in die Freuden des Himmels ein,
wer gesündigt hat, gehet hin in ewige Pein, jaja.‹«

»Ach, nun kommen Sie schon«, sagte ich ein wenig gereizt. »Wir waren in der Hölle und sind wieder herausgekommen. Das ist, finde ich, gut genug. Wir sind nur für begrenzte Zeit auf Erden, und ich habe beschlossen, es zu nehmen, wie es kommt.«

Den ganzen August über, Tag für Tag, blieb es heiß und trocken. Heutzutage nennt man das »ideales Urlaubswetter«, aber damals konnten es sich in diesem Landstrich nur die Wohlhabenden leisten zu verreisen, und auch nur eine Woche in Scarborough war etwas ganz Besonderes. Die Leute blieben zu Hause und gaben sich den bescheidenen Vergnügungen hin, die der Sommer auf dem Land bereithielt, einer Landwirtschaftsausstellung, einer Kirmes, einem Ausflug mit der Sonntagsschule oder, wer zur besseren Gesellschaft zählen wollte, einer Partie Tennis, bei der Gurken-

Sandwiches gereicht wurden. Die meisten Landbewohner hegten eine tiefe Abneigung gegen das Auswärtsschlafen und glaubten, wenn man unter fremden Menschen übernachtete, liefe man automatisch Gefahr, Dieben anheimzufallen. So hatten sie es schon immer gehalten, und genau wie ihre Vorväter reisten sie nicht weiter, als ein Pferd oder ihre eigenen Beine sie an einem Tag hin und her tragen konnten.

Und dieser beständige Rhythmus von Leben und Arbeit nahm auch mich ein, sodass ich mich als Teil des Landlebens fühlte und meinen Platz darin hatte, mit einem Fuß in der Gegenwart und dem anderen in der Vergangenheit; kurzum, ich war zutiefst zufrieden. Aber das wusste ich nicht, bis eines Tages Alice Keach zu mir sagte: »Sie sind glücklich, Mr Birkin. Von Ihrer nervlichen Anspannung ist nichts mehr zu spüren. Liegt es daran, dass Ihre Arbeit so gute Fortschritte macht?«

Natürlich hatte sie recht. Jedenfalls zum Teil. Dort oben auf dem Gerüst vor einem großartigen Kunstwerk zu stehen und mich mit seinem Erschaffer verwandt zu fühlen, in dem wohligen Wissen, dass ich eine Art Impresario war, der sein Werk, nachdem es vierhundert Jahre im Verborgenen geschlummert hatte, wieder hervorlockte und heraufbeschwor, war zutiefst befriedigend. Aber das war nicht alles. Da war auch dieses grandiose Wetter, die Landschaft, die umliegenden Wälder, die vor hohem Gras und Wildblumen überbordenden Straßenränder. Und südlich und nördlich des Tals sanfte Hügel, die natürlichen Grenzen einer geheimnisvollen Gegend.

Mittlerweile aß ich jeden Sonntag bei den Ellerbecks zu Mittag. Vielleicht hatten sie sich beratschlagt und in mir eine Art liebenswürdigen Wanderer erkannt, den es in den

Schoß der Gemeinschaft zurückzuholen galt. Aber wer weiß, vielleicht mochten sie mich auch einfach und hatten das Gefühl, wenn ich zu Gast war, auf Förmlichkeiten verzichten zu können. Wie auch immer, ein Mittagessen im August ist mir besonders im Gedächtnis haften geblieben. Wir waren gerade mit dem Hauptgang fertig (sonntags gab es bei ihnen keine Nachspeise) und tranken Tee, als Mr Ellerbeck in einem leicht märtyrerhaften Ton bemerkte: »Tja, heute Nachmittag bin ich in Barton Ferry dran, Mutter.«

»Der Superintendent hätte dich nicht auch noch dafür einteilen dürfen!«, rief seine Frau entrüstet aus. »Er hat dich doch schon für den Sechs-Uhr-Gottesdienst in Malmerby eingeteilt. Dass du an einem Tag morgens und abends in zwei verschiedenen Kapellen predigen sollst, ist schon schlimm genug, aber an einem Nachmittag und Abend ist wirklich zu viel. Und dann auch noch in Ferry!«

»Armes kleines Ferry!«, sagte Mr Ellerbeck, der keinerlei Neigung zu verspüren schien, sich dorthin zu begeben. »Nun, wir müssen unsere Gemeinden an diesen winzigen Orten am Leben erhalten, und außer unseren Gottesdiensten passiert dort so gut wie nichts.«

»Du bist ausgelaugt«, sagte Mrs Ellerbeck inbrünstig. »In deinem Alter solltest du ein Nickerchen machen dürfen, anstatt mit dem Fahrrad so weit zu fahren.«

»Und dann die ganze Zeit mit Gegenwind, egal, ob man hin- oder herfährt, sagst du immer«, warf Kathy ein, eine Bemerkung, die ihren Vater noch weiter in den Sessel zurücksinken ließ. Da ich spürte, dass irgendetwas von mir erwartet wurde, gab ich ein bedauerndes Schnalzen von mir.

»Vielleicht springt ja Tom für dich ein«, sagte Mrs Ellerbeck hoffnungsvoll und sah mich an, wohl wissend, dass ich nach ihren köstlichen Mittagessen immer völlig wehrlos war. »Mehr als zwei oder drei Leute kommen dort sowieso nie.«

»Ja«, sagte Kathy erbarmungslos. »Dort muss man wirklich nichts befürchten, nicht wahr, Dad? Du hast doch selbst gesagt, dass nur ein großer Bauernbursche kommt, dann zwei, drei Knirpse und Lucy Sykes an der Orgel. Bei Ihrer Bildung werden Sie mit diesem kleinen Grüppchen mit links fertig, nicht wahr, Mr Birkin?« Sie sprach über mich, als wäre ich ein ganz passabler Ringkämpfer.

Mr Ellerbeck machte keine Anstalten, mir zur Hilfe zu eilen. Stattdessen sah er mich fragend an und rang sich lediglich zu der Bemerkung durch: »Nun, Toms Beine sind auf jeden Fall jünger als meine.«

»Sie können auch Dads Rad nehmen«, bot Kathy an, die für ihren Vater eine immer tiefere Bresche schlug. »Es hat drei Gänge, und die Kette läuft durch ein Ölbad.«

Die Attacke war völlig überraschend vonstattengegangen und meine Abwehr so schnell überrannt worden, dass ich nicht zu mehr als einem Scheingegenangriff fähig war. »Ich habe so etwas noch nie gemacht«, sagte ich. »Predigen! Oder Beten! Ich meine: laut beten!« (Mein Gewissen gebot mir, »laut« hinzuzufügen, da ich während eines feindlichen Tiefflugs in meinem Fernmeldeunterstand sehr wohl und äußerst wortreich gebetet hatte. Und hätte ich mich in der Stimmung gefühlt, eines dieser ganz besonderen Gebete wiederzugeben, wäre es bestimmt das bemerkenswerteste gewesen, das je in irgendeiner Freikirchenkapelle zu hören war, zumal in Barton Ferry.)

»Erzählen Sie ihnen doch, womit Sie sich zurzeit beschäftigen«, sagte Kathy. »Das wird sie bestimmt interessieren, weil sie in Ferry nichts dergleichen haben.«

»Aber das Beten …«, sagte ich jämmerlich.

»Der Herr wird Ihnen schon die richtigen Worte in den Mund legen«, sagte Mr Ellerbeck, der zu guter Letzt doch noch seine neutrale Haltung aufgab, um endgültig den Sieg einzufahren.

Nun, der Herr geruhte jedenfalls nicht, mir eine passende Erwiderung in den Mund zu legen, und Edgar (der bislang anständigerweise Neutralität gewahrt hatte) lief schnell hinaus, um mir, Symbol meiner bedingungslosen Kapitulation, ein Paar Hosenklammern zu holen.

Bis dahin hatte ich Edgar eigentlich recht gern gemocht.

Barton Ferry lag vier lange Meilen auf einer recht eintönigen Straße entfernt. Ein paar Bauernhöfe säumten, um eine Feldlänge zurückversetzt, links und rechts die Straße, und ein kleiner Kanal, in dem das Sickerwasser aus den Gräben und Abflussrinnen zusammenfloss, verlief parallel zur Staubstraße bis zum Fluss, wo auch die Straße endete. Es gab zudem ein paar Cottages und einen mächtigen Pfosten mit einer Glocke daran, an dem auch ein Ruderboot festgemacht war, und auf einem mit Entenfedern gesprenkelten Grasflecken eine Backsteinkapelle, kaum größer als ein geräumiges Zimmer.

Obwohl ich beizeiten eintraf, wartete eine junge Frau in gebärfähigem Alter mit sonnengebräuntem Gesicht neben der Tür. Sie war hübsch, aber sehr schüchtern, und während ich ohne große Begeisterung erklärte, Mr Ellerbeck sei nicht ganz auf dem Posten und ich dessen unzulängliche Vertretung, hielt sie den Blick auf den Fluss gerichtet. Weder kommentierte sie es, noch schien diese Neuigkeit sie allzu sehr zu bedrücken. Dann führte sie mich hinein und fragte mich nach den Liednummern. Ich sagte, die Auswahl der Lieder überließe ich gern ihr, wäre ihr aber dankbar, wenn sie besonders lange auswählte, vorzugsweise welche mit einem Refrain am Ende jeder Strophe.

Ein halbes Dutzend Bänke stand dicht gedrängt vor einer riesigen lackierten Kanzel. Ich bestieg sie und entdeckte, dass meine erhöhte Position einen ausgezeichneten Blick durch das rückwärtige Fenster auf den Fluss bot. Hinter meinem Kopf hing eine riesige Uhr, die vermutlich die Aufmerksamkeit meiner Mit-Gottesdienstbesucher zum Teil, wenn nicht gar gänzlich beanspruchen würde. Hastig suchte ich zwei sehr lange Kapitel im Alten und Neuen Testament und legte je eines der Quasten-Lesezeichen hinein. Das laute Ticken der Uhr war wesentlich langsamer als mein Herzschlag. Die Organistin hatte noch keinen Ton vernehmen lassen, sondern saß, die starken, gebräunten Hände im Schoß, mit hängendem Kopf da. Es war sehr heiß, und ich begann zu schwitzen.

Als der große Zeiger die Zwölf erreichte, und keine Sekunde früher, trotteten zwei sommersprossige Kinder, ein rotgesichtiger Bauernbursche und ein älterer Mann herein und pferchten sich wie Schafe in einer Bank unter mir zusammen. Ich kündigte das erste Lied an, *»O for a thousand tongues to sing my great Redeemer's praise«*, das wir in Anbetracht unserer kleinen Schar erstaunlich laut sangen. Mein darauf folgendes Gebet hinkte von einer peinlichen Pause zur nächsten: Der Herr schien das Versprechen, das Mr Ellerbeck in seinem Namen gegeben hatte, nämlich mir die richtigen Worte in den Mund zu legen, auf eklatante Weise zu missachten. Trotzdem stammelte ich eine geraume Weile weiter, wobei ich immer wieder Bitten zur Vergebung von Sünden einstreute, die meinem Empfinden nach (eingedenk der Schlacht von Passchendaele) eher in der Verantwortlichkeit des Herrn lagen, und mich um eine biblisch-altväterliche Sprechweise bemühte: Aber ich vermochte niemanden zu blenden. Als ich einmal die Augen aufschlug, sah ich, wie die nach vorn gebeugten Schultern der Organistin leicht zuckten.

Nachdem wir laut die Hymne Nr. 4 gesungen hatten *(»Crown Him with many crowns«)*, beschloss ich, endlich von meinem kläglichen Imitationsversuch abzulassen, selbst auf die Gefahr hin, den Stationsvorsteher in Schwierigkeiten gegenüber seinen Bezirksoberen zu bringen. »Es ist so«, verkündete ich also grimmig, »ich bin wirklich nur eine Notbesetzung, und da ich noch nie zuvor gepredigt habe und es auch bestimmt nicht mehr tun werde, erzähle ich euch stattdessen ein bisschen von meiner Arbeit in Oxgodby. Falls ihr lieber gehen wollt oder dabei einnickt, soll es mir auch recht sein.« Aber sie sahen wohl ein, dass meine Entscheidung dem gesunden Menschenverstand geschuldet war, und hörten mir sehr aufmerksam zu; die Kinder hoben sogar immer wieder die Hand und stellten einige sinnvolle Fragen. Hinterher meinte der alte Knabe, offenbar ihr Großvater, er werde irgendwann mit ihnen im Einspänner nach Oxgodby fahren, damit sie mit eigenen Augen sehen könnten, wovon ich gesprochen hätte.

Nachdem sie sich zerstreut hatten, bedankte ich mich bei der Organistin, und während sie die Tür abschloss, machte ich mich daran, meine Hosenklammern anzulegen. »Wenn Sie wollen, können Sie zum Tee mitkommen«, sagte sie.

»Nun, ich glaube, die Ellerbecks erwarten mich«, sagte ich, dachte dann aber: Warum eigentlich nicht? Vielleicht kann ich sie sogar zu einem Stelldichein überreden. (Ich sehnte mich schrecklich nach einer Frau.) Also fügte ich hinzu: »Wie auch immer, ich nehme Ihre Einladung sehr gern an; eine Tasse Tee in dieser Hitze ist jetzt genau das Richtige, die Ellerbecks werden es bestimmt verstehen.«

Sie wohnte in einem kleineren Bauernhaus, das mit der Stirnseite zur Straße lag. Tiefrote Malven schmiegten sich an die Kalksteinmauer, und samtige Schmetterlinge flatterten träge von Blume zu Blume. Das Wetter war wie in einem Gedicht von Tennyson, schläfrig, warm, unnatürlich ruhig. Ihr Vater und ihre Mutter hießen mich willkommen und erklärten, sie seien noch nie einem Londoner begegnet. Sie bewirteten mich mit etwas, was in dieser Gegend »Gabelimbiss« hieß – geräucherter Schinken, ein hoher Apfelkuchen und dazu dampfender Tee. Im Laufe unserer Unterhaltung erfuhren sie, dass ich »dort draußen« gewesen war (wie sie es nannten), was sie dazu veranlasste, mir einen wirklich gewaltigen Nachschlag auf den Teller zu schaufeln. Dann bemerkte ich auf dem Klavier ein dunkel gerahmtes Foto von einem jungen Mann.

»Das ist Perce, unser Sohn«, sagte Mrs Sykes. »Er hat es bei seinem letzten Heimaturlaub machen lassen, an seinem neunzehnten Geburtstag.« Ein kurzer Blick auf ihre Gesichter, und die Frage, was Perce zugestoßen sei, erübrigte sich. Doch als ich aufstand, um mich zu verabschieden, trat ich näher an das Foto heran und besah es mir eingehender; er war ein stämmiger Jugendlicher mit offenem Blick gewesen, ein sympathisch aussehender junger Kerl. Sein Vater trat neben mich und sah über meine Schulter. »Tja, unser Perce, er war so ein lieber, netter Junge«, sagte er, »und so fleißig. Hat überall mit angepackt; alle haben ihn gemocht.«

Und auf dem Nachhauseweg, als ich neben dem kleinen Kanal und zwischen wogenden Getreidefeldern dahinradelte, brüllte ich mit einem Mal: »Ihr Scheißkerle! Ihr verdammten Scheißkerle! Warum musstet ihr diesen Krieg beginnen? Und warum habt ihr ihn nicht viel früher enden lassen? Gott? Ha! Es gibt keinen Gott.« Zwei jenseits einer Hecke grasende Pferde sahen auf und wieherten.

»Und, wie ist es Ihnen in Ferry drüben ergangen?«, fragte Mr Ellerbeck, als er an diesem Abend aus Malmerby zurückkam.

»Nun, ich habe eines gelernt«, sagte ich, »dass ich nicht zum Prediger geboren bin. Ich nehme an, Ihr Superintendent wird demnächst an Ihre Tür klopfen und Ihnen einen Rüffel erteilen, nachdem reihenweise Beschwerden hereingeflattert sind.«

»Er war zum Tee bei Lucy Sykes!«, rief Kathy. »Sie hat ihn eingeladen. Jetzt ist er auffallend still, bestimmt hat er sich in sie verliebt.«

»Sie ist ein patentes, zupackendes Mädchen«, sagte Mr Ellerbeck. »Und was sie dieser alten Orgel in Ferry entlockt, ist wirklich erstaunlich. Außerdem hatte sie eine gute christliche Kinderstube. Wir werden sie zum Jubiläumsausflug der Sonntagsschule einladen, dann haben Sie noch mal Gelegenheit, einen Blick auf sie zu werfen.«

Den Ellerbecks schien nie in den Sinn gekommen zu sein, dass ich verheiratet sein könnte.

In London hatte ich hin und wieder ein paar Worte mit der Familie aus der Wohnung nebenan gewechselt oder dem Paar auf der anderen Seite zugenickt, aber wenn ich den Leuten, die nur zwei Türen weiter wohnten, begegnet wäre, hätte ich sie nicht erkannt. Ganz anders hier: Bereits vierundzwanzig Stunden nach meiner Darbietung in Barton Ferry hatte es sich herumgesprochen, dass ich bei den Sykes zum Tee gewesen war.

»Habe gehört, Sie treiben sich auf den Dörfern herum und halten Ausschau nach den Mädels. Spielen wohl mit dem Gedanken, sich in Oxgodby niederzulassen?«, fragte Moon verschmitzt. »Sie sollten besser niemandem verraten, dass Sie verheiratet sind: Fast jeder zweite Kerl hat hier eine Flinte.«

Selbst Alice Keach hatte es schon gehört, aber sie ließ es erst am Ende eines Gesprächs beiläufig einfließen; es hatte mit ihrer Frage begonnen, ob ich gern ein Künstler wäre.

»Nein«, sagte ich. »Habe nie darüber nachgedacht. Als Kind wusste ich nicht, was ich gern sein wollte. Ich wusste nur, was ich nicht sein wollte. Zum Beispiel wollte ich nie Lokomotivführer werden oder Polizist oder Pachteintreiber oder etwas, was mit dem Meer zu tun hat.«

»Und was ist mit der Kirche? Sie hätten bestimmt einen guten Kirchenmann abgegeben.«

»Du meine Güte! Also wirklich, das ist so ziemlich das Letzte, worin ich gut wäre. Das liegt mir überhaupt nicht.«

»Aber Sie würden wenigstens gut zuhören. Sie *hören* zu. Und Sie wissen auch zu schweigen. Ist Ihnen noch nie aufgefallen, dass die Menschen in Ihrer Gegenwart nicht immer das Gefühl haben, etwas sagen zu müssen? Ich meine, einfach etwas zu sagen, weil sie sich vor der Stille fürchten. Waren Sie schon immer gut im Zuhören? Schon als kleiner Junge?«

»Meine Schwestern sagten immer, ich hätte zu große Ohren: Was so viel hieß wie, dass ich *zu gut* zuhörte. Nun, ich weiß, so haben Sie es nicht gemeint. Na gut, vielleicht war ich ein guter Zuhörer. Meine Mutter war eine schweigsame Frau. Sie konnte eine Stunde lang über einer Näh- oder Stopfarbeit sitzen, ohne ein Wort zu sagen. Dann plötzlich konnte es sein, dass sie die Lippen spitzte und eines von uns Kindern verstohlen ansah. Und wenn es in der Schule Ärger gehabt hatte, hörte sie es quasi und stellte ein, zwei Fragen, und am Ende ertappte man sich dabei, dass man die Fragen selbst beantwortet hatte. Meinten Sie das?«

»Ja«, sagte sie. »Genau das meinte ich; ich hätte sie gern kennengelernt. Und, Mr Birkin, um auf den Beruf des Seelsorgers zurückzukommen: Ich habe gehört, Sie hatten in Ferry großen Erfolg …«

Das sagte sie, während sie sich von der Bank erhob und sich zum Gehen wandte. »Und dass Sie sich verliebt haben.« Noch ehe ich etwas erwidern konnte, war sie bereits gegangen; aber ihr fröhliches Lachen schlüpfte durch die offene Tür herein.

Nun, sie hatte recht. Ich hatte mich verliebt. Aber nicht in die süße Lucy Sykes.

Sie haben sich vielleicht schon gefragt, woran ich während meiner vielen Stunden auf dem Gerüst dachte. Nun, zunächst dachte ich natürlich über die Arbeit selbst nach, über dieses gewaltige Gemälde, das ich freilegte. Aber auch über den namenlosen Mann, der gestanden hatte, wo ich jetzt stand. Nicht so sehr über sein technisches Können, obwohl dies naturgemäß höchst interessant für mich war. Zum Beispiel hatte er ein besonders großes Talent für Hände gehabt, wobei Fingerknöchel und Handgelenke seine Spezialität waren. Die Hände, die er malte, sprachen miteinander. Aber was Füße betraf, war er nicht besonders gut. Lassen wir es dabei bewenden. Nein, es waren seine Marotten und Schrullen, die mich faszinierten. Zum Beispiel wenn er gegen die gängigen ikonografischen Gesetze verstieß, indem er jemandem ein verschlagenes Lächeln verlieh oder sich ausgiebig einer scheinbaren Nebensächlichkeit widmete, dem anmutig sich kräuselnden Saum eines Gewandes etwa – Dinge, die er nur aus Spaß an der Freude getan hatte.

Und nach wie vor war da das Geheimnis des kopfüber stürzenden Mannes. Simon Magus? Der Kerl, der die Gaben des Heiligen Geists mit Geld hatte kaufen wollen? Seine Qualen waren bestens dokumentiert; dafür hatte die Obrigkeit gesorgt. Immer schön den Regeln folgen, sonst wehe dir! Aber wenn der Mann tatsächlich diesen berüchtigten Apostel darstellte, warum war er dann mit so viel Verve gemalt und viel früher als der Rest überdeckt worden? Und warum stürzte er sich selbst in die Hölle? Hatte der Maler ihn gekannt? War es das Porträt eines Zeitgenossen, dessen Angehörige ihn identifiziert und den Blicken der Öffentlichkeit wieder entzogen hatten, noch bevor die Farbe richtig trocken war? Nun, um diese Fragen zu beantworten, war es einige Jahrhunderte zu spät.

»Und wie kommen Sie beide so miteinander zurecht?«, fragte Moon bisweilen und deutete auf meine Wand. »Spüren Sie manchmal seinen Atemhauch im Nacken, wenn er Sie anstupst und zu Ihnen sagt: ›Birkin, mein Junge! Hervorragend gemacht!‹? Sie müssen ihn inzwischen recht gut kennen. Los, erzählen Sie mir ein bisschen was von ihm. Wer war er?«

Wer er war! Ich kannte ja nicht einmal seinen Namen. Die Leute scheinen die Menschen von damals nicht zu begreifen.

Sie waren ganz einfach nicht wie wir. Unsere Vorstellung von persönlichem Ruhm war ihnen völlig fremd. Dieser Maler zum Beispiel wusste nichts über Künstler, die vor ihm gewirkt hatten, warum sollte er dann annehmen, jemand wollte später etwas über ihn wissen? Daher wäre es ihm nicht einmal im Traum eingefallen, sein Werk zu signieren. Unter den hundert – mindestens hundert – Wandgemälden, die ich kannte, war nur ein einziges mit einer Signatur versehen – von Thomas of Malmesbury in Ampney Crucis.

Und die Vorstellung, dass sein Werk fünfhundert Jahre nach seinem Tod minutiös studiert werden würde, wäre für meinen Maler grotesk gewesen. Seinerzeit wurden die meisten Bauwerke alle fünfzig Jahre nach der jeweils gängigen Mode drastisch umgestaltet, und mein Maler hatte bestimmt damit gerechnet, dass sein Gemälde allenfalls ein paar Generationen überdauern würde.

»Wie hat er ausgesehen?«

Ah, das war allerdings etwas ganz anderes. Über sein Gesicht konnte ich keine Aussage treffen. Aber ich wusste, dass er blond gewesen war; immer wieder tauchte ein Haar auf, dort, wo sein Bart eine Stelle mit billiger, klebriger Farbe berührt hatte, vor allem im roten Ocker, das er mit Leinöl vermischt hatte. Pinselhaare konnten es nicht sein, die größtenteils ungefähr zweieinhalb Zentimeter lang waren, jedenfalls nie länger als vier Zentimeter. Sauborsten für die groben Arbeiten, Dachshaar für die Feinarbeit.

»Mm – wirklich beeindruckend. Und was kann noch mit Sicherheit über unseren verblichenen Bruder gesagt werden?«

»Er war Rechtshänder und hatte ungefähr Ihre Statur; er muss eine Art Schemel benutzt haben, um bis zu einer Höhe von etwas über eins achtzig hinaufzureichen – falls ich richtig liege mit meiner Einschätzung, welche Teile er auf den Knien oder in hockender Stellung erledigt hat. Das ist auch schon alles. Nun, vielleicht noch, dass er in einem Kloster gelebt hat. Das ist nur eine Vermutung, aber die Hände seiner Figuren sagen genauso viel, wie die der Mönche es zu tun pflegen während der langen Phasen ihres Schweigens. Oh, noch eine letzte Sache – er hat seinem Lehrling nicht vertraut. Er hat alles selbst gemacht, bis auf diese Stelle hier, diesen unteren Winkel der Hölle. Schauen Sie selbst; es ist eine grobe Arbeit, eine Art Behelf. Es ist mir schleierhaft, warum er den Stab so kurz vor dem Ziel an seinen Gehilfen weitergereicht hat.«

»Nun, es ist jedenfalls mehr, als ich an meinen verdammten Steinen ablesen kann«, sagte Moon. Und ging.

Ah ja, es war sein Meisterwerk. Seine früheren Auftragsarbeiten waren nichts weiter als eine Art Training für das hier gewesen. Er hatte hier auf dem Gerüst geschwitzt und sich nachts in seinem Bett hin und her gewälzt und gestöhnt und geheult. Diese durchstoßenen Hände, diese gemarterten Finger,

»Und er wird kommen mit blut'gen Wunden …«

Und plötzlich wusste ich, warum er nicht selbst diesen übrigen Höllenmeter gemalt hatte. Es war seine letzte Arbeit gewesen. Er hatte genug gehabt, es nicht länger ertragen. Er hatte den Pinsel hingeworfen, war gegangen. Aber damals konnte man nicht einfach so gehen; sie hätten ihn zurückgezerrt und ihn mit Tritten und Schlägen dazu gebracht, seine Arbeit zu beenden. Also musste er vor Beendigung seines Auftrags gestorben sein. Aber seine letzten Pinselstriche waren gleichmäßig und sicher gewesen, er war vor seinem Tod genauso gut in Form gewesen wie zu Beginn.

Da fiel es mir wie Schuppen von den Augen. Ich drehte mich um, näherte mich vorsichtig dem Rand der Plattform und spähte auf den Steinplattenboden hinab. Er war hinuntergestürzt.

Du lieber Himmel! Schnell kletterte ich die Leiter hinab und rannte hinaus. Moon war fast bei seinem Zelt angekommen. »Er ist runtergefallen!«, rief ich ihm nach. »Es war seine letzte Arbeit. Er ist hinuntergestürzt.«

Moon drehte sich um, und nachdem er begriffen hatte, breitete sich ein Grinsen über seinem Gesicht aus. »Okay!«, rief er. »Dann passen Sie gut auf, wohin Sie treten.«

Am nächsten Tag ungefähr zur Teezeit erschien Alice Keach auf dem Gerüst, aber ich bemerkte es erst, als ich hörte, wie jemand die Leiter hochkam. »Zu spät, um mich abzuhalten«, sagte sie, »hier bin ich.« Dann sagte sie eine ganze Weile nichts mehr. Es hätte mich auch gewundert, hätte sie es getan: Ganz aus der Nähe, wenn man direkt davor stand, war meine Wand ziemlich einschüchternd, und sie war eingeschüchtert. Ich hörte, wie sie scharf die Luft einsog. Schließlich sagte sie: »Glauben Sie an die Hölle, Mr Birkin?«

Puh, was für eine Frage! Die Hölle? Passchendaele war die Hölle gewesen. Aufgeschlitzte Körper, weggesprengte Köpfe, kriecherische Angst, schreiende Angst, unaussprechliche Angst! Die Welt in Schlamm verwandelt! Aber ich wusste, sie meinte die biblische Hölle, die immerwährende Hölle, eine Hölle nie endender Qualen. Also antwortete ich: »Nun, kommt darauf an. Die Hölle bedeutet für jeden Menschen etwas anderes und für jeden Einzelnen zu verschiedenen Zeiten etwas anderes.«

Sie hinterfragte meine Aussage nicht: Ich hätte schwören können, dass sie meine Gedanken gelesen hatte. Sie wusste es. »Und was ist mit der Hölle auf Erden?«, fragte sie.

Ich sagte, ich sei darin gewesen, hätte sie erlebt, aber dankenswerterweise bleibe meistens ein winziger Ausgang offenstehen. Dann sprachen wir für eine geraume Weile nichts mehr, und ich dachte, dass es durchaus noch etwas zu sagen gab über die Hölle auf Erden, über die verschiedenen Stadien; zum Beispiel schien das Leben, nachdem wir uns selbst aus dem blutigen Schlamassel herausgezogen hatten, mit einem Mal schöner und strahlender, als wir es in Erinnerung gehabt hatten. Wir hatten unsere gefallenen Kameraden abgeschüttelt. Allerdings nur bei Tage. Nachts, im Dunkeln, kehrten sie zu uns zurück, aber wir wollten nichts mehr von ihnen wissen: Sie gehörten jetzt zu einer anderen Welt – nun, zur Hölle, wenn man es so bezeichnen mag.

Und dann war da Vinny. Das war eine andere Art von Hölle gewesen. Aber auch aus diesem Schlund war ich hinausgekrabbelt, und hier, in Oxgodby, war das Leben zurückgeflutet und es hatte in meinen Fingerspitzen gekribbelt, eine Welt voller neuer Menschen, die nur so viel von mir wussten, wie ich ihnen zu sagen bereit war.

»Nun?«, fragte sie.

»Ja, ich kenne sie; die Bilder haben sich in meinen Kopf eingebrannt, und bei Mr Moon ist es sicher genauso. Man hat uns immer wieder dahin zurückgeschickt, und diese Hölle war schlimmer als die von unserem Maler.« Doch noch während ich sprach, wusste ich, dass ich nicht auf ihre Frage geantwortet hatte. Sie hatte weder die von mir erlebte noch die biblische Hölle im Sinn gehabt.

»Oh«, sagte sie. »Tut mir leid. Es war eine dumme Frage …«

Ich ließ diesen Moment ungenutzt verstreichen. Ich hätte einfach nur ihre Hand ergreifen und sagen sollen: »Hier bin ich. Frag mich. Jetzt. Die Frage, die du eigentlich stellen wolltest! Stell sie. Solange ich noch hier bin. Frag mich, bevor es zu spät ist.«

Und vielleicht hatte sie denselben Gedanken, denn sie murmelte, sie müsse jetzt gehen, wandte sich um und stieg hinunter. Sie ist wunderbar, dachte ich. Sie ist scheu und leicht zu erschrecken wie ein wild lebendes Tier. Wie hatte er sie nur bekommen? Hatte er ihr eine Falle gestellt? Sie überrumpelt? Wie war ihre erste gemeinsame Nacht gewesen? War er vorher vor dem Bett niedergekniet? Während sie mit ihren dunklen Augen in die Finsternis irgendeines Hotelzimmers starrte? So jung, wie sie war, konnte sie kaum gewusst haben, was eine Ehe bedeutete. Doch wer weiß – zweifelsohne sah sie mehr, sehr viel mehr in Keach als wir Außenstehenden. Nichts ist so geheimnisvoll wie das, was einen Mann und eine Frau verbindet.

Ich folgte ihr die Leiter hinab. »Ich habe Ihnen ein paar frische Eier mitgebracht«, sagte sie.

Nachdem sie in Richtung Dorf weitergegangen war, begab ich mich zu Moons Zelt, und wir setzten uns in der Abendsonne ins Gras. »Und?«, fragte er.

»Mrs Keach und ich haben über die Hölle gesprochen.«

Er lachte.

»Denken Sie oft daran?«, fragte ich.

Er schürzte die Lippen, kräuselte die Nase und musterte seinen Handrücken. Dann – und das war ungewöhnlich für ihn – sah er mich direkt an. »Ja, oft«, sagte er. »Besonders nachts; da ist es am schlimmsten. Durch das offene Turmfenster haben Sie mich bestimmt schon schreien hören.« Er wusste, von mir hatte er weder oberflächliches Mitgefühl noch Fragen zu befürchten. »Aber ich sage mir immer wieder, dass es mit der Zeit besser wird und es irgendwann tief in meiner Erinnerung vergraben sein wird. Dennoch, es hat uns verändert. *Wir* wissen, wie es war. Das trennt uns von den übrigen Menschen. Vielleicht wissen die Frauen der Männer, die es erlebt haben, es auch. Ja, natürlich, wie sollte es anders sein. Und die Menschen begreifen es nach und nach. Vor einiger Zeit traf ich einen Kameraden, der wieder als Lehrer arbeitet. Er war genau wie Sie Fernmelder mitten im Schlachtengetümmel, ganz allein und nur mittels eines Drahts mit seiner Batterie verbunden. Er erzählte mir, dass, wenn in seinen ersten vier Wochen als Lehrer ein Schüler den Deckel seines Pults habe zufallen lassen, er sich auf den Boden geworfen habe. Zuerst hätten die Schüler gekichert. Dann hätten sie nicht mehr gelacht, sondern ihn nur noch entsetzt oder mitleidig angestarrt. Schließlich hätten sie getan, als hätten sie es nicht bemerkt. Und ich? Nun, als ich mittendrin war, dachte ich, gut, noch sind wir in der Finsternis, aber eines Tages muss doch jemand in die Pfeife blasen, und dann wird es auf einen Schlag hell. Aber so ist es natürlich nicht, oder? Es dauert seine Zeit, es muss sich von allein wieder geben, und ich sage mir immer wieder, dass ich nach wie vor plemplem bin und es vielleicht auch bleiben werde.« Er lachte. »Sie auch?«

Er erwartete keine Antwort auf diese Frage: Meine linke Gesichtshälfte hatte, während er redete, gezuckt wie verrückt.

»Es ist übrigens längst nicht mehr so schlimm wie vor ein paar Wochen, als Sie angekommen sind«, sagte er. Ich wurde rot, doch er fuhr ungerührt fort. »Ich weiß nicht, ob Sie es selbst schon bemerkt haben, aber Oxgodby hat Sie irgendwie wieder zurechtgebügelt.«

Eine Zeit lang saßen wir schweigend da. In der Abenddämmerung versammelten sich ein paar Jungen auf der Wiese und begannen herumzutollen. Ein Streckenwärter schob auf dem Trampelpfad in Richtung Bahnhof sein Fahrrad neben sich her.

»Manchmal wollte ich fast, dass es passiert«, sagte Moon. »Es gab Zeiten, in denen ich die Nase voll hatte. Nun, Sie wissen, was ich meine – Zeiten, zu denen ich glaubte, ich würde beim nächsten Angriff die Nerven verlieren und mich auf den Boden werfen, selbst wenn ich gar nicht getroffen wurde. Oder schlimmer, dass ich nicht in der Lage sein würde, mich aus dem Schützengraben zu hieven. So viele Kameraden waren gefallen, Jungs, die ich gemocht hatte. Manchmal schien es mir, als hätten sie Glück gehabt. Aber inzwischen kann ich mich nicht mehr so gut an sie erinnern … sie verblassen immer mehr.«

Ich dachte an mein Wandgemälde. Aber die Hölle dieser Menschen war eine andere als unsere.

Der Mond war aufgegangen, eine leichte Brise ließ die Schatten der Bäume auf dem Gerstenfeld erzittern, das weiß wie ein See dalag.

»Wissen Sie was«, sagte Moon, »wir brauchen eine Erholungspause. Verdammt noch mal, wir sind doch keine Lohnsklaven. Man überschüttet uns nicht gerade mit Geld. Lassen Sie uns jeden weiteren Tag als Dividende betrachten für das, was sie uns abverlangt haben. Ich habe da eine Idee. Ich spreche mit Mossop. Morgen nehmen wir uns einen freien Tag.«

Und so liessen wir am folgenden Tag unsere Werkzeuge ruhen und begaben uns zu dem großen Getreidefeld, wo Mossop bei der Ernte half. Es war bereits sehr heiß, die Gerstenhalme ließen ihre ausgetrockneten Köpfe hängen, und es roch irgendwie nach Backofen. Als der Tau getrocknet war, begann der Mähbinder mit seinem wie ein Segel flatternden Mähbalken Garben auszuspucken, die wir Erntehelfer, noch frisch und übermütig, entgegennahmen, um sie zu binden und zu Puppen zusammengefasst zum Trocknen aufzustellen. Aber du lieber Himmel, die Disteln dazwischen! Nach einer Weile hatte ich es heraus, die Garben zuerst mit dem Fuß hin und her zu rollen, bis ich eine sichere Stelle fand, wo ich sie packen konnte, um sie dann mit den Ähren nach oben zu Vierer- oder Fünferpuppen zusammenzufassen. Während es immer heißer wurde, ging es auf diese Weise auf dem rissigen Ackerboden vor und zurück, bis es Mittag wurde und jede Garbe nur noch einen winzigen Schatten auf das Feld warf. Dann war es Zeit zum Mittagessen (»Die beiden Gentlemen sollen auch kommen, hat die Missus gesagt«), ein Hasen-Kartoffel-Auflauf weckte unsere Lebensgeister und hielt sie wach, bis um vier die »Zugabe« kam, Mirabellenkuchen und eine Kanne dampfend heißer Tee.

Mit Einsetzen der Abenddämmerung, als ein erster Stern über dem dunklen Hügelkamm aufstieg, waren wir fertig. Kathy Ellerbeck wartete im hohen Gras am Straßenrand neben dem Feldgatter auf mich. »Sie haben hoffentlich nicht vergessen, dass morgen unser Sonntagsschulausflug ist!«, sagte sie. »Mr Dowthwaite rechnet fest mit Ihnen; Sie müssen doch ein Auge auf Ihre Strohköpfe haben.«

Es war zwecklos, mich damit herauszureden, dass ich eigentlich schon heute einen freien Tag gehabt hätte. Sie kannte kein Erbarmen. »Und was ist mit Mr Moon?«, fragte ich und deutete auf meinen Kameraden. »Kann er auch mitkommen?« Nein, das könne er nicht. Der Ausflug sei eine Belohnung für meine Mithilfe in der Sonntagsschule, und Moon habe sich ja nicht daran beteiligt. »Im Übrigen«, sagte sie, »ist er bei den Anglikanern.«

»Woher willst du das wissen?«, fragte ich. »Ich glaube, er geht weder in die eine noch in die andere Kirche.«

»Das sagt mir sein vornehmer Akzent«, sagte sie.

»Ach so«, erwiderte Moon. »›An ihrem Akzent sollt ihr ihn erkennen?‹ Und wo bleibt bitte die Barmherzigkeit? Sollten nicht alle Christen …?«

Trotz ihres jugendlichen Alters war sie so geistesgegenwärtig, die Religion aus dem Streitgespräch auszuklammern, daher ließ sie ihn den Satz nicht beenden. Sie wusste, es hätte nur zu falschen Schlussfolgerungen geführt. »Es ist eine Regel«, sagte sie. »Im Übrigen hat Mr Birkin seine Arbeit fast beendet, während Sie nichts gefunden haben, obwohl Sie dafür bezahlt werden.«

»Wird Miss Sykes aus Ferry ebenfalls mit von der Partie sein?«, fragte Moon, um einen Gegenangriff zu starten.

»Nein, die machen selbst einen Ausflug, nehme ich an«, sagte Kathy kurz angebunden. »Und nicht, dass Sie sich verspäten, Mr Birkin. Die Leiterwagen fahren um Punkt acht ab.«

Am nächsten Morgen heftete ich einen Zettel an die Leiter – *Bin heute Abend zurück. Vorsicht: Wackelig!*, und rannte, nachdem ich mir rasch ein Stück Brot und eine kalte Scheibe Speck in den Mund geschoben hatte, über Moons

Wiese zur Straße, wo ich mich zu einem Mann und einer Frau gesellte, die mit zwei kleinen Jungen am Straßenrand warteten. Ich schnaufte und kaute noch, als ich plötzlich Hufgeklapper hörte; selbst in dieser noch von Pferden geprägten Epoche ein herrlich aufregendes Geräusch.

Und dann tauchten sie, dekoriert wie Generäle, hinter einer Wegbiegung auf, und ihre kastanienbraunen und schwarzen Rücken glänzten in der Sonne. Ihre Mähnen waren mit patriotischen Bändern geflochten, ihr Festtagsgeschirr glitzerte – nicht mehr lange, und diese großartigen, magischen Wesen würden von den Straßen und Feldern verschwinden. Wusste ich es damals schon? Wohl kaum, ebenso wenig wie jemand anders in Oxgodby. Von Kindesbeinen an kannten sie alle das Geräusch von Hufen, die nachts launisch auf den Stallboden stampften, und den beißenden Geruch von Horn, wenn die Pferde in der Dorfschmiede beschlagen wurden. Wie hätten die Menschen voraussehen können, dass ihre Weg- und Ackergefährten bald für immer verschwinden würden?

Während die Eltern Rücken an Rücken auf den Bänken in der Mitte der flachen, vierrädrigen Wagen saßen, ließen die Jungen und Mädchen die Beine über die Seiten hinabbaumeln. Unser kleiner Trupp wurde auf das zweite Gespann hinaufgehoben, von allen herzlich begrüßt, und man garantierte uns, dass die zu erwartende Hitze bald dafür sorgen würde, dass wir uns unserer Jacken entledigten. Und so zuckelten wir durchs Dorf und riefen jenen, die wegen Krankheit oder der Zugehörigkeit zu einer fremden Konfession nicht mitkommen konnten, fröhlich »Auf Wiedersehen« zu, im Bewusstsein (der Einheimischen), Teil dieses uralten bäuerlichen Kreislaufs zu sein und dass unsere vorüberziehenden Wagen vom nahenden Ende der Erntezeit kündeten.

Trage ich ein bisschen zu dick auf? Vielleicht. Aber es gibt Zeiten, in denen der Mensch und die Erde eins sind, wenn der Puls des Lebens besonders kraftvoll schlägt, wenn das Leben vor Verheißung strotzt und wir darauf vertrauen, dass sich die Zukunft sicher und vorhersehbar vor uns erstreckt wie ebendiese Straße, die in die Hügel führte. Nun, ich war noch jung …

Am Bahnhof lasen wir die Ellerbecks auf – als Verwalter der Freikirchengemeinde war für Mr Ellerbeck der Platz zu Mr Dowthwaites Rechten auf dem ersten Wagen reserviert –, dann ging es weiter durch das nächstgelegene Städtchen, wo der Wochenmarkt unseren Zug zum Schritttempo zwang, manchmal auch fast zum Halten, wenn sich andere Wagen auf den kopfsteingepflasterten Platz schoben. Bäuerinnen standen inmitten von Körben voller hausgemachter Butter und Eier oder boten Frühäpfel, Birnen, rosa Blumensträuße und andere Dinge feil, von denen sie in ihren Obsthainen und Gärten mehr als genug hatten. Ein Mann wirbelte eine Bulldogge herum, die sich in einem Schnürsenkel festgebissen hatte. »Wenn selbst ein Hund es nicht schafft, kriegen se so'n Senkel nie kaputt!«, rief er. Und von einem anderen Stand waberte der Geruch von frisch gebackenem Brot herüber und erinnerte mich daran, dass mein eilig im Gehen eingenommenes Frühstück viel zu dürftig gewesen war.

Dann ging es klappernd über eine Brücke und weiter durch die Felder. Jemand stupste mich an, und ein dickes Rindfleischsandwich wurde mir über die Schulter gereicht. Es war Mossop, und Mrs Mossop nickte mir aufmunternd zu: Inzwischen hatte ich mir den Ruf eines Nimmersatts erworben.

»Was machen Sie denn hier?«, sagte ich. »Sie sind doch bei den Anglikanern, dachte ich.«

»Nee«, antwortete er. »Ich hab bei beiden 'n Fuß in der Tür. Die Leute ham gemeint, ich soll mitkommen und dafür sorgen, dass sie alle wieder in ihr Bett finden.«

Für mich wird dieser grandiose Sommertag für immer der unvergesslichste bleiben – wolkenloser Himmel, links und rechts der Straße kniehohes Gras, Mohnblumen, Aronstäbe, die Bäume voller dichtem, grünem Laub, über Dornenhecken quellende Obsthaine. Und wir rumpelten gemütlich dahin und bogen, statt dem Schild nach Sutton-under-Whitestonecliff zu folgen, in Richtung der roten Hohlpfannendächer von Kilburn ab, wo ein Tischler aus seinem Hof heraus etwas rief, und ihm jemand aus unserem Trupp, offenbar ein Bekannter von ihm, in scherzhaftem Ton antwortete.

»Schauen Sie, Mr Birkin!«

»Wo?«

»Dort!«

Und dann sah ich es: Über einen steilen, grasbewachsenen Hang zuckelte ein riesiges weißes Pferd. Es sah aus wie eine lebendig gewordene Vergrößerung eines dieser Bilder, die umherziehende Maler früher für stolze Besitzer von edlen Vollblütern bei Hindernis-Pferderennen wie dem Great Ebor Handicap oder dem Beverley Racecourse für ein paar Sovereigns aus dem Ärmel geschüttelt hatten. In seinem langen Rücken und Schwanenhals lebten die Pferde einer lange versunkenen Welt weiter.

Als wir auf einer von Schafen abgegrasten Hochebene hielten und abstiegen, wehte von den Heidelbeersträuchern und den verwitterten Erikabüschen ein würziger Duft heran. Es gab keinen Schutz vor der Sonne, aber das kümmerte uns nicht, denn es war Mittagessenszeit und die Frauen und Mädchen machten sich daran, hart gekochte Eier und in Fettpapier und Papierservietten gewickelte feuchte Tomatensandwiches auszupacken. Es war Mr Dowthwaite selbst (»Ihr habt schließlich hart genug gearbeitet und euer Ansehen unter den Methodisten gemehrt«), der schnell ein knisterndes Feuer aus kleinen Ästen und Zweigen entzündete, und bald kochte das Wasser in den Zinnkannen. Nachdem er den Lobgesang angestimmt hatte, setzten wir uns ins Gras und langten herzhaft zu.

Danach zogen die meisten Männer ihre Jacken aus und enthüllten ihre Hosenträger sowie die daran befestigten elastischen Schlaufen ihrer wollenen Unterhosen, und sie verblüfften ihre Kinder, weil sie herumalberten wie große Jungen. Die verliebten Pärchen sonderten sich ab, die Frauen saßen im Gras und plauderten ausgiebig. Und so verging mit Essen, Trinken, Dösen, Sich-Lieben der Tag, bis am Abend die Pferde von ihrer Weide geholt und wieder eingespannt wurden. Dann, als der erste Stern am Firmament erschien und Schwalben über dem Farngestrüpp kreuz und quer hin und her schossen, holperte unser Wagen wieder gemächlich von der Hochebene über dem Weißen Pferd – wie ich sie für mich nannte – ins Tal hinab und zurück gen Oxgodby: Der Ausflug der Sonntagsschule war vorbei.

Als wir im Dorf ankamen, erfuhren wir, dass Emily Clough an diesem Nachmittag gestorben war.

Ach, was für eine Zeit … Noch viele Jahre danach suchte mich das Glück jener Tage heim. Manchmal, wenn ich Musik höre, lasse ich mich dorthin zurücktreiben, und nichts hat sich verändert. Dieser lange Sommerausklang. Tag für Tag warmes Wetter, die Stimmen in der Nacht, die erleuchteten Fenster in der Dunkelheit und, bei Tagesanbruch, das sanfte Wogen des Getreides und der warme Geruch der erntereifen Felder. Und jung zu sein.

Hätte ich mir dieses Glück bewahren können, wäre ich dort geblieben? Nein, vermutlich nicht. Menschen ziehen weg, werden älter, sterben, und der hehre Glaube, dass erneut etwas Wunderbares hinter der nächsten Biegung auf einen wartet, verblasst allmählich. Jetzt oder nie; wir müssen das Glück beim Schopf packen.

NUR EIN WEITERES MAL verließ ich Oxgodby – für einen Ausflug nach Ripon. Natürlich hatte ich mir ohnehin vorgenommen, das dortige Münster zu besuchen, aber ich bezweifle, dass ich es getan hätte, wenn Mr Ellerbeck mich nicht zu der Fahrt dorthin bewogen hätte. Der Grund war, dass der Verwalter zähneknirschend eingeräumt hatte, man könne es sich gerade so erlauben, das alte Harmonium durch ein neueres, amerikanischer Bauart zu ersetzen. »Na ja, es hat sich herumgesprochen, dass die Anglikaner eine neue Pfeifenorgel kriegen«, sagte mir Kathy im Vertrauen. »Die können es sich ja leisten; sie müssen ihre Pfarrer nicht von Spenden bezahlen, so wie wir«, fügte sie in bitterem Ton hinzu. »*Ihr* Geld kommt von woanders.«

»Wir wären Ihnen wirklich sehr verbunden, wenn Sie uns begleiten würden, Mr Birkin«, sagte Mr Ellerbeck. »Sie haben ein Auge für gute Qualität, das lässt sich nicht leugnen; wenn jemand sie erkennt, dann Sie. Und wir wollen das Beste, nun, sagen wir so, das Beste, was wir für unser Geld bekommen können. Wir werden nur zu viert sein, Mr Dowthwaite, Sie, Kathy und ich.«

Wir fuhren mit dem Zug und begaben uns zu Mr Baines' Klavier- und Orgelgeschäft, das sich in einer vom Marktplatz abgehenden Nebenstraße befand. Das Angebot war beeindruckend; an die dreißig Klaviere standen zum Verkauf, ebenso viele Harmonien und ein paar Orgeln. »Wir sind die Abordnung der Methodisten aus Oxgodby, die ein Harmonium kaufen woll'n«, sagte Mr Dowthwaite und beugte sich nervös nach vorn. »Mr Baines weiß von unserem Besuch; Mr Ellerbeck hier hat ihm einen Brief geschrieben, in dem drinsteht, dass wir mit dem Zwei-Uhr-fünfzig-Zug ankommen.«

»Mr Baines ist nicht mehr bei uns«, sagte der gut gekleidete junge Mann, »ich bin der neue Besitzer.« Er musterte unsere Kleidung und fügte hinzu: »Ich nehme an, Sie suchen ein *Pedal*harmonium.«

Sein Londoner Akzent beschämte mich – aus seinem Mund klang unser Anliegen geradezu schäbig. Er führte uns schnell durch die Gänge, wo links und rechts sein Instrumentenarsenal aufgereiht war.

»Alles nur Angeberei«, flüsterte Kathy mir zu. »Die denken, bei all den Spiegeln und Messingkerzenleuchtern können sie Wucherpreise verlangen. Dabei kommt es nur auf den Klang an. Wir müssen aufpassen, ob ein Fiepen zu hören ist, denn dann sind die Blasebälge schadhaft.«

Meine gemurmelte Antwort schien ihr nicht Zustimmung genug gewesen zu sein, denn sie fügte verschmitzt hinzu: »Wir müssen sowieso aufpassen wie die Luchse, weil er ein verflixter Südländer ist.« Gnädigerweise fügte sie nicht hinzu: »genau wie Sie«.

Der Geschäftsinhaber warf nur so mit dubiosen technischen Fachausdrücken um sich und ließ gleichzeitig durchblicken, dass er im Begriff war, Perlen vor die Säue zu werfen. Offen gestanden erschlug einen das Angebot an Instrumenten fast, beinahe so, als wenn man einem darbenden Menschen ein Festmahl vorsetzte, der gerade noch vor Hunger zu sterben drohte, jetzt aber vor Aufregung. Doch während der Mann die einzelnen Instrumente anpries, wurden seine hochtrabenden Beschreibungen immer kürzer und nahmen einen schrofferen Ton an. Schließlich sagte er unverblümt: »Ich nehme an, Sie suchen etwas aus zweiter Hand.« Wir nickten beschämt.

»Das hätten Sie auch gleich sagen können«, sagte er respektlos. »Dann sehen Sie sich am besten bei den Instrumenten im hinteren Teil um. Wir haben sie von Pfarreien, die sich verbessern wollten, in Zahlung genommen. Schauen Sie mal, was Sie da finden. Nicht allzu viel, nehme ich an. Und damit Sie es gleich wissen: Wir geben keine Garantie darauf.«

»Ist es in Ordnung, wenn wir ein oder zwei ausprobieren?«, fragte Mr Dowthwaite ehrerbietig.

Er erhielt keine Antwort: Der Besitzer eilte bereits in Richtung Eingangstür, um vielversprechendere Kunden zu begrüßen.

Nachdem sich diese herrschaftliche Person entfernt hatte, wurde Mr Ellerbeck wieder er selbst. Seine Augen bekamen ihren alten Glanz, und seine Stimme nahm wieder einen entschiedeneren Ton an. »Lasst uns erst mal einen Blick auf die Preisschilder werfen«, sagte er und strebte entschlossen auf die verschmähten Instrumente zu, die im hinteren Ladenteil zusammengepfercht waren. »Es hat keinen Sinn, etwas auszuprobieren, was wir uns nicht leisten können. Verteilt euch bitte und sagt mir dann, was ihr gefunden habt.«

Das taten wir.

Fünf Minuten später verkündete er: »Gut, dann wissen wir, welche infrage kommen. Diese drei hier – das da, das vergilbte und das dort drüben. Kathy, mein Mädel, nimm einen Schemel und lass hören, was du aus ihnen herauskriegst.« Und nachdem sie ihr langes Haar geordnet und sich den Hut fester auf den Kopf gezogen hatte, tat sie genau das, sie griff energisch in die Tasten, während sie die drei Harmonien der Reihe nach mit *»All people that on earth do dwell«* auf Herz und Nieren prüfte. Und während sie beherzt die Pedale trat und zwischen abrupten Pausen und Crescendi wechselte, legte Mr Dowthwaite das Ohr an den Rücken des jeweiligen Kandidaten.

»Ich bin kein Musiker, Mr Birkin«, sagte er, als er meinen erstaunten Blick bemerkte, »das gebe ich freimütig zu; aber von Orgelwind verstehe ich was, und Blasebälge, auch das kann niemand bestreiten, gehören zu meinem Handwerk.«

Für mein Dafürhalten klangen alle drei Testobjekte ziemlich gleich, und mein einziger sachdienlicher Beitrag bestand darin, darauf hinzuweisen, dass eines der Instrumente bei heftiger Beanspruchung vibrierte und dass das zweite merkwürdig roch. Daher war ich zufrieden, als das dritte zum Favoriten erkoren wurde, doch ehe man sich dafür entschied, musste es nochmals höchster Beanspruchung ausgesetzt werden. Im selben Moment mussten die anderen Kunden den gleichen Entschluss gefasst haben, denn plötzlich erfüllten donnernde Bässe und helle Fanfarenklänge den Raum, und so wie es sich anhörte, handelte es sich um eine große und sehr teure Pfeifenorgel.

»Fragen Sie doch bitte, wie lange er noch dieses Getöse zu machen gedenkt, Mr Birkin«, trug mir Kathy auf, also scherte ich aus der Gruppe der Aussätzigen aus, kämpfte mich durch das Dickicht des musikmachenden Ballasts, bis ich schließlich die Lichtung erreichte, die der besseren Klientel vorbehalten war. Und diese waren die Keaches.

Bevor es mir gelang, mich schuldbewusst in die gnädige Undurchdringlichkeit des Dschungels zurückzustehlen, hatte sich Alice Keach umgedreht. Im selben Moment bestieg Mr Dowthwaite einen Stuhl, um seine pneumatische Untersuchung von oben her fortsetzen zu können, womit er indirekt meine Anwesenheit erklärte. Ihre Augen leuchteten auf. Flüchtig dachte ich, dass sie gleich zu lachen anfangen würde. Vielleicht hätte sie es auch, wenn nicht der Ladeninhaber seine Orgel zu einem weiteren Donnerschwall angetrieben hätte, und im Schutz dieses Sperrfeuers trat ich den Rückzug an.

»Sie sind so gut wie fertig«, log ich. Während er das in Packpapier eingeschlagene Methodisten-Gesangbuch auspackte, sagte Mr Ellerbeck: »Nun, wenn wir den Zug um sieben nach vier erwischen wollen, sollten wir besser anfangen. Kathy, lass uns die Nummer 264 singen, ›*Lo, He comes with clouds descending once for guilty sinners slain*‹. Da ist alles geboten.« Und während sie klugerweise mit den Knien beide Schwellwerke herausschob und kräftig mit den Füßen pumpte, erzeugte sie einen recht bemerkenswerten Kontrakrach.

»Ich glaube, das ist es, Mr Dowthwaite«, sagte der Stationsvorsteher. »Was meinen Sie, Tom? Aber bevor wir uns dafür entscheiden, sollten wir noch ausprobieren, wie es sich mit Gesang anhört – schließlich ist das Harmonium allein nur zweimal zu hören, beim Hereinkommen und beim Hinausgehen. Hier – die Nummer 119, Kathy, bitte, ›*Worthy is the lamb*‹.«

»Würdig ist das Lamm,
Würdig ist das Lamm,
Würdig ist das Lamm, das geschlachtet wurde,
Geschlachtet für uns Sü-ün-der,
Geschlachtet für uns Sü-ün-der,
Würdig ist das Lamm, das geschlachtet wurde für
uns Sü-ün-der ...«

Es war ein herrlicher Krach, und sie waren mitten in der dritten Strophe, als ein hysterischer Schrei sie verstummen ließ: der Geschäftsinhaber, außer sich vor Wut. »Aufhören!«, schrie er. »Sofort aufhören mit diesem Lärm. Sie können doch hier keine Chorprobe veranstalten, verflucht noch mal! Die anderen Kunden verstehen ja ihr eigenes Wort nicht.«

Die drei Sänger schwiegen betreten.

»Gut, wir nehmen das hier«, sagte Mr Ellerbeck. »Ich werde es von der North-Eastern Railway abholen lassen.« Es war beeindruckend, wie schnell Mr Ellerbeck zu seiner gewohnten Gelassenheit zurückfand. »Gibt es einen Nachlass bei Barzahlung?«, fragte er und kramte ein Bündel fleckiger Banknoten und eine Tasche voll Silbermünzen hervor. »Sagen wir minus ein paar Pfund, bar auf die Hand?«

Geschäft war Geschäft für die Abordnung aus Oxgodby, und während der Inhaber ihnen entgeistert nachstarrte, eilten sie hinaus, um noch den Zug um 16.07 Uhr zu erwischen, die ihnen nur widerstrebend folgende Organistin hinter sich herziehend. Vor dem Geschäft trennte ich mich von dem

Grüppchen, denn mein schlechtes Gewissen sagte mir, ich könne unmöglich diesen Ort verlassen, ohne das Münster gesehen zu haben. Also begab ich mich den Hügel hinab zu dem riesigen scheunenartigen Bauwerk. Abgesehen von einem herumwerkelnden greisenhaften Küster hatte ich den großartigen Steinwald ganz für mich allein, und eine Stunde lang schlenderte ich darin herum und staunte.

Dann spazierte ich zum Marktplatz zurück und bestellte gebutterten Teekuchen im Hinterzimmer einer Bäckerei. Dazu trank ich eine Kanne frisch aufgebrühten, dampfenden Tee. Beides, sowohl der Tee als auch der Kuchen, nach altem Rezept mit Kümmel und Zitronengeschmack gebacken, waren vorzüglich. In London musste man schon viel Glück haben, um etwas Ebenbürtiges zu finden, ob Kuchen oder Tee. Es war ein angenehmer Ort, um einen Imbiss einzunehmen; man konnte sich entspannt zurücklehnen und verweilen, ohne dass jemand darauf lauerte, dass man fertig gegessen hatte, um sofort die Krümel wegzuwischen oder den frei werdenden Platz zu ergattern. So saß ich in Gedanken versunken da, dachte über den außergewöhnlichen Nachmittag nach und wunderte mich, dass man mich gebeten hatte, bei der Auswahl eines Harmoniums mitzuwirken. Mit Unbehagen fragte ich mich, was Alice Keach wohl gedacht hatte, und hoffte gegen jede Wahrscheinlichkeit, sie würde plötzlich auf eine Tasse Tee hereinkommen oder ebenfalls den Zug um zwanzig nach sechs nehmen.

Ich steckte mir eine Woodbine an. Ein weiterer Gast kam herein, aber ich drehte mich erst um, als er etwas sagte. »So ein Zufall! Wohnen Sie hier?«

Ich erkannte ihn nicht auf Anhieb. »Milburn«, sagte er, »Sergeant Milburn.«

Jetzt erinnerte ich mich wieder. Ein ganz netter Kerl. Wenn mich nicht alles täuschte, hatte er als Freiwilliger in Feldmarschall Kitcheners New Army gekämpft, während ich einberufen worden war. Zuletzt waren wir uns in einem dachlosen Truppenquartier in Bapaume begegnet. »Als ich Sie zum letzten Mal gesehen habe, wurden Sie gerade auf einer Krankenbahre abtransportiert«, sagte er. »Was war es noch gleich – ein Granatenschock, ja? Sie waren doch Funkmelder auf dem Vormarsch, nicht wahr? Nicht viele von euch Jungs sind durchgekommen.«

Er trat an meinen Tisch und erzählte, er sei Handelsvertreter für Eisenwaren und habe daher häufig im Nordosten zu tun. Ich erzählte ihm, was ich machte; er zeigte sich erstaunt, als er erfuhr, dass ich auf dem London College of Arts gewesen war, bevor ich einberufen wurde. »Das hätte ich nie vermutet«, erwiderte er. »Ich dachte, Sie wären Büroangestellter gewesen oder so was in der Art.«

Dann erwähnte ich Moon.

»Moon!«, rief er aus. »Ein stämmiger Kerl, rötliches Gesicht, hat immer so etepetete gesprochen?« Er konnte an meiner Miene ablesen, dass er den Richtigen vor Augen hatte, und lachte. »Ich wette mit Ihnen, dass die ihn im Militärgefängnis windelweich geprügelt haben«, sagte er. »Typen wie ihm haben sie am ärgsten zugesetzt. Ein Corporal, der ihn im Visier hatte, hat es ausgeplaudert: Die Militärpolizei hat ihn mit seinem Offiziersburschen im Bett erwischt. Armer Teufel! Ist vermutlich so auf die Welt gekommen.«

Es war für mich wie ein Schlag ins Gesicht, ich glaube jedoch nicht, dass er es mir ansah.

»Beim Militärgericht haben sie ihn so richtig abgeschossen, ihn regelrecht ans Kreuz genagelt. ›Verderben von jungen

Männern‹ … ›Schande für die Kommission des Königs‹ und so weiter und so fort. Dass man ihm das Militärkreuz verliehen hatte, hat es nur noch schlimmer gemacht. Das werde ich nie verstehen.«

»Das Militärkreuz hat er mir gegenüber nie erwähnt«, sagte ich.

»Er wurde gleich zu Beginn ausgezeichnet. Hat einen seiner Jungs vom Stacheldraht heruntergeholt und zurückgeschleppt. Als er noch jemanden schreien hörte, ist er wieder zurück, obwohl er gewusst haben musste, dass es ihn mit hoher Wahrscheinlichkeit erwischen würde.«

Dann fügte er hinzu: »Ich hätte es Ihnen vielleicht nicht erzählen sollen. Na ja, behalten Sie es bitte für sich. Erwähnen Sie lieber nicht, dass wir uns begegnet sind. Nun, es war jedenfalls nett, Sie wiederzusehen. Wird wohl nicht mehr so schnell passieren.« Er schüttelte mir die Hand und ging dann.

Von Moons Homosexualität zu erfahren bestürzte mich zwar nicht, aber vergessen konnte ich es natürlich auch nicht. Dass ein so unabhängiger Mann und stolzer Geist wie ein Tier in einem Militärgefängnis eingesperrt und auf Gedeih und Verderb diesen grässlichen Typen ausgeliefert gewesen war, die es an solchen Orten bis in die höchsten Führungsposten schafften, das entsetzte mich.

Doch damit hatte es natürlich noch nicht sein Bewenden. Fragen Sie mich nicht, wie er es herausgefunden hatte, aber von diesem Tag an wusste Moon, dass ich es wusste. Anderentags sagte er aus heiterem Himmel: »Sex ist ein Teufel. Kennt keine Gnade! Er verhöhnt unsere Männlichkeit und zerstört unsere Integrität. Ist das vielleicht die Hölle, auf die Sie neulich angespielt haben, Birkin?«

Und von da an war es zwischen uns nicht mehr so wie früher.

Seit einigen Tagen nahm ich mir nochmals die Nordseite des Gemäldes vor, den letzten Teil, der den glücklichen Seelen vorbehalten war, jenen, deren gute Taten in Erzengel Michaels Waage schwerer wogen als die Missetaten und die nun emporstrebten, um ihre Belohnung zu empfangen. Sie waren ein selbstgefälliger, uninteressanter Haufen und entbehrten der Lebendigkeit ihrer Mitbrüder, die zu ewigen Qualen verdammt waren. Und sie hatten sich auch nicht gut gehalten; ihr himmlisches Blau musste bereits in den ersten zwanzig Jahren zu verbleichen begonnen haben.

Im Großen und Ganzen war die Arbeit also fertig, und niemand hätte den Unterschied bemerkt, hätte ich sie in diesem Moment beendet und wäre gegangen, nicht einmal Joe Watterson, es sei denn, er hätte sich eine Leiter geborgt. Aber um meiner eigenen Zufriedenheit willen musste ich ein letztes Mal Hand anlegen, das Ganze abrunden – hier ein bisschen aufhellen, dafür an anderer Stelle einen winzigen Hauch von Schmutz nicht entfernen, um einer angedeuteten Gliedmaße mehr Körperlichkeit zu verleihen oder Haar und Gesicht deutlicher voneinander abzuheben. In unserem Gewerbe hat bislang noch niemand ein Gerät erfunden, das ein Signal gibt, wenn aller Schmutz getilgt ist, den das grausame Wirken der Zeit angehäuft hat, woraufhin es nur noch ein paar winziger Handstriche bedürfte, um die Zeit selbst auch noch zu verwischen. Also musste ich auf die gute alte Faustregel-Methode zurückgreifen. Die im

Grunde darin besteht, lange und gründlich hinzuschauen und nur noch ein wenig abzurunden.

Die Zeit des Bangens war vorbei; ich befand mich jetzt in ruhigem Gewässer. Das Wetter, eine majestätische Abfolge langer, warmer Tage, hielt sich den ganzen August über. Die Vorgärten der Cottages quollen über vor Majoran und Rosen, Margeriten und Bartnelken, und nachts verströmten die Levkojen ihren betörenden Duft. Das in Grün getauchte Tal lag morgens reglos da, die flimmernde Mittagshitze dämpfte das Rattern der gen Norden und Süden fahrenden Züge, während sich kleine Schattenpfützen unter den Bäumen sammelten.

Sommer! Und ich gerade mal Anfang zwanzig! Und verliebt! Nein, noch besser: heimlich verliebt, ich hütete mein Geheimnis wie einen Schatz. Es ist ein merkwürdiges Gefühl, das einem selten mehr als ein Mal im Leben widerfährt. In Romanen ist es oft gleichbedeutend mit Kummer und Leid, aber bei mir traf das nicht zu. Später war es vielleicht so, aber zu diesem Zeitpunkt noch nicht.

Ich war verheiratet. Vinny hatte mich wegen eines anderen verlassen, aber keiner von uns hatte großes Aufheben darum gemacht. Schlau, wie sie war, hatte sie die Tür nicht ganz hinter sich zugemacht, um notfalls wieder zurückkommen zu können – und dann über kurz oder lang erneut zu gehen. Und was Alice Keach betraf … Nun, ich war mir sicher, dass sie eine tief religiöse Frau war. Für sie bedeutete die Ehe tatsächlich: »Was Gott zusammengefügt hat, soll der Mensch nicht scheiden.« Man darf nicht vergessen, es war das Jahr 1920, eine völlig andere Zeit.

Deshalb verschloss ich meine Gefühle für sie tief in meinem Herzen, und dort sollten sie auch bis zu meiner Abreise bleiben. Dann würden wir vielleicht noch ein, zwei Jahre lang nette Weihnachtskarten austauschen und uns gleichzeitig immer weiter voneinander entfernen. Aber noch waren wir zusammen, und sie gehörte, ohne es zu wissen, mir. Nun, jedenfalls gefiel mir diese Vorstellung.

Sie kam jetzt jeden Tag vorbei, gewiss im Bewusstsein, dass Moon und ich bald weg sein würden und Oxgodby ein leererer Ort würde. Unsere Gespräche erstreckten sich mittlerweile auch auf weitere Gebiete. Sie wusste von Vinny, von unserem unsteten Zusammenleben, woran wir womöglich gescheitert waren. Wir sprachen sogar über den anderen, ihren neuen Mann, und darüber, dass ich ihn kannte und, so seltsam es war, irgendwie mochte.

»Es ist mir schleierhaft, wie Sie darüber lachen können«, sagte sie.

»Vor zwei Monaten hätte ich es auch nicht gekonnt«, antwortete ich. »Es liegt an Oxgodby, dieser Ort hat mich verändert. Wenn mit ihm durchzubrennen das ist, was sie gebraucht hat, warum nicht? Ich bin schließlich nicht ihr Gefängniswärter. Wir kannten uns kaum, als wir heirateten. Aber welche Paare kennen sich vor der Ehe schon? Selbst Eheleute, die schon seit zwanzig Jahren im selben Haus wohnen, kennen sich häufig nicht, stimmt's? Wir zeigen dem anderen nur, was er von uns sehen soll, den Rest kann er nur raten, nicht wahr? Und wenn niemand ›Stimmt‹ oder ›Stimmt nicht‹ sagt, wird eben weiter gerätselt.«

Aber sie ging nicht darauf ein. Stattdessen erzählte sie mir von ihrer Schulzeit in Hampshire, dass sie ihrem Vater sehr nahegestanden, ihn überallhin begleitet und bereits ein Jahr nach seinem Tod geheiratet habe. Und dann wechselte *ich* das Thema.

Ich erinnere mich noch gut, wie sie einen Tag nach meinem Ausflug nach Ripon hereinkam, als ich noch unter dem Eindruck dessen stand, was ich über Moon erfahren hatte. »Ich glaube, Sie hören mir gar nicht zu, Mr Birkin!«, rief sie nach einer Weile hinauf. »Hätten Sie gern, dass ich Ihnen etwas vorsinge?« Und sie begann genau damit, indem sie recht gekonnt den breiten Yorkshire-Akzent nachahmte:

»Würdig ist das Lamm,
Würdig ist das Lamm,
Würdig ist das Lamm, das gesch …«

Sie brach die Strophe kichernd ab und lachte dann ihr bezauberndes Lachen.

»Hören Sie auf damit«, sagte ich. »Das ist einer meiner wunden Punkte. Im Übrigen denke ich gerade nach.«

»Sie arbeiten also gar nicht?«

»O doch, und ob. Ich *betrachte* meine Arbeit. Man darf das Bild nicht aus den Augen lassen, sonst kann alles Mögliche passieren. Es könnte wieder verschwinden, noch bevor Ihr Mann das Gefühl gehabt hätte, ich hätte etwas für sein Geld geleistet.«

»Bitte nicht!«, sagte sie.

»Tut mir leid. Das war wirklich dumm von mir!«

»Mein Mann …«, begann sie und schwieg dann eine kurze Weile. Sie versuchte es schließlich erneut. »Arthur – es ist nicht leicht für ihn in einem kleinen Dorf. Er ist ein sehr ernster Mann. Er meint, dass wir uns weiter im Süden vielleicht heimischer fühlen würden. Er hat eine Schwester und einen Bruder in Sussex …« Es klang wie ein Hilfeschrei. »Ich mag die Leute hier«, fuhr sie fort, »aber ich bezweifle, dass sie viel für uns übrig haben. Wir passen nicht hierher.«

»Oh, da irren Sie sich.«

»Glauben Sie wirklich?«

»Ich weiß, dass einige Leute aus dem Dorf es bedauern würden, wenn Sie fortmachen würden.«

»›Fortmachen‹?«

»Das ist das hiesige Wort für ›umziehen‹. Klingt doch nett, nicht wahr? Außerdem kommen Sie sogar bei den Methodisten gut an«, sagte ich, weil ich das Gefühl hatte, sie bräuchte ein bisschen Aufmunterung. »Mrs Ellerbeck hat gesagt, Sie seien eine sehr attraktive Frau. Und, was sagen Sie dazu? Ein solches Kompliment aus dem Mund einer anderen Frau!«

»Attraktiv!«, sagte sie, als wüsste sie nicht, dass es so war, oder als hätte es ihr noch nie jemand gesagt.

Ich trat an den Rand der Plattform und blickte hinab.

»Sie *sind* attraktiv!«, sagte ich.

»Attraktiv?«, wiederholte sie hilflos. Viele Frauen wären sofort darauf eingegangen. Nicht allzu sehr, aber immerhin so, dass sie sich noch eine Rückzugsmöglichkeit hätten offen halten und das Geplänkel unbeschadet hätten abbrechen können.

Gut, Alice Keach, dachte ich, dann werde ich dich halt ein bisschen anschieben. Du sollst nachts ruhig auch mal wach liegen.

»Nicht wenige Männer würden sagen, Sie seien sogar mehr als attraktiv«, sagte ich. »Sie würden sagen, Sie seien außergewöhnlich schön.« (Ich konnte gerade noch verhindern, dass mir ein »ich« herausrutschte.)

»Oh«, sagte sie und blickte hilfesuchend zu Laetitia, die

sich ihrerseits bemühte, aus ihrem Sarkophag zu klettern. Sie wusste, dass nur noch die Flucht aus der Kirche sie retten konnte, aber nicht, wie ihr das, ohne das Gesicht zu verlieren, gelingen konnte. Doch plötzlich besann sie sich anders und ging zum Gegenangriff über.

»Und Sie?«, sagte sie.

»Ich! Nun, ich bin zwar kein Künstler, aber man hat mir am L. C. A. ein Diplom ausgehändigt, das mir bescheinigt, dass ich Schönheit erkenne, wenn sie mir begegnet. Daher muss ich Ihnen als anerkannter Spezialist auf diesem Gebiet sagen, ja, Sie sind schön. Sehr sogar.« Und wäre sie mir ein winziges Stückchen entgegengekommen und hätte sie mir ihr Einverständnis signalisiert, hätte ich die Liste ihrer weiblichen Vorzüge rezitiert – in allen Einzelheiten –, nun, da mein Blut in Wallung war. *Delectissimam, amantissimam!*

Doch das Schicksal in der grotesken Gestalt Mossops machte mir einen Strich durch die Rechnung. »Hey, Mister Birkin!«, brüllte er und fuhr in breitestem Dialekt fort: »Hab gehört, Sie sin' so weit und könn' uns jetzt jeden Tag verlassen.«

»Würden Sie bitte für mich übersetzen, Mrs Keach?«, rief ich hinunter.

Aber sie war bereits gegangen.

Vale.

Ich weiss nicht, was Alice Keach ihrem Mann erzählte, jedenfalls stand er gleich am nächsten Morgen in der Kirche, als ich mit meinem Teebecher von Moon zurückkam. »Mossop hat mir gesagt, Sie seien fertig mit Ihrer Arbeit«, sagte er, noch ehe ich ganz zur Tür herein war. »Ja, tatsächlich, wie ich sehe. Sehr gut. Die Testamentsvollstrecker haben mich beauftragt, Ihnen Ihr restliches Honorar auszubezahlen. Es ist hier in diesem Umschlag. Dreizehn Pfund, fünfzehn Shilling, wie vereinbart.«

Vor Kurzem war dort nur eine kahle Wand gewesen, und jetzt war sie nicht mehr kahl. Eine Zeit lang hatte die Gemeinde sich mit dem lästigen Gerüst abfinden müssen und mit einem Mann, der im Kirchturm wohnte und der nun wieder weggeschickt werden konnte. Herrgott, Mr Keach hatte nichts von dem ganzen schöpferischen Prozess mitbekommen. Und wir – der längst verstorbene Maler des Wandgemäldes und ich, der ich mich abgemüht hatte, sein Werk wieder ans Licht zu bringen … keiner von uns bedeutete ihm etwas. Das und der ganze Rest brachten mich dazu, ihm zu entgegnen, dass ich das Gerüst noch einige Tage lang benötigen würde.

»Aber Sie sind doch fertig«, sagte er. »Und Sie haben Ihr Geld bekommen.«

»*Sie* haben gesagt, ich sei fertig. Außerdem habe ich Sie noch nicht um die Abschlusszahlung gebeten.«

»Sie haben sich mehrmals einen freien Tag genommen«, sagte er. »Einen ganzen Tag, um bei der Ernte zu helfen, und einen weiteren für den Ausflug mit den Methodisten, außerdem waren Sie mehrfach nicht anzutreffen, als ich Sie besuchen wollte.«

»Sehen Sie, Herr Pfarrer«, sagte ich scharf, »ich werde nicht nach Stunden oder Tagen bezahlt, und das ist zu Ihrem Vorteil. Wie auch immer, ich bin noch nicht ganz fertig.«

»Ich werde das Gerüst entfernen lassen«, erwiderte er starrköpfig.

»Oh, tatsächlich? Dann werde ich die Testamentsvollstrecker informieren, dass Sie mich daran hindern, unseren Vertrag zu erfüllen, und das wird sie zweifelsohne davon entbinden, die tausend Pfund herauszurücken, die Miss Hebron der Kirche – an gewisse Bedingungen geknüpft – hinterlassen hat.«

Er hatte die Botschaft verstanden und auch, dass ich es ernst meinte. »Ich habe keine Lust, mit Ihnen zu streiten, Mr Birkin«, sagte er. »Da Sie uns ohnehin bald verlassen werden, kann das Gerüst von mir aus noch ein paar Tage länger stehen bleiben, wenn Sie es wünschen. Sie sind gewiss so freundlich, mich zu benachrichtigen, wenn ich es entfernen lassen kann.«

Einen Moment lang sahen wir uns schweigend an. Meine Wut war verflogen; ich wollte einfach nur noch, dass er ging. Doch als er erneut sprach, benutzte er seltsamerweise ganz ähnliche Worte wie seine Frau. »Es ist nicht leicht«, sagte er. »Ich war nicht immer so, wie, nun, wie ich zu sein scheine.«

Ich versuchte zu tun, als wüsste ich nicht, wovon er redete, und als mir das nicht gelang, so, als wäre ich erstaunt, dass nicht alle einen kultivierten, dynamischen Kirchenmann in ihm sahen, der von seinen Schäfchen verehrt wurde und zum Domherrn bestimmt war, wenn nicht zu einem noch höheren Amt. Erneut musste mein Versuch missglückt sein, denn er lächelte jetzt. Kläglich zwar, aber immerhin war es ein Lächeln. »Ich weiß, wie Sie mich sehen. Moon auch. Aber Sie wollen mich so sehen, nicht wahr? Sie haben sich Ihre Meinung gebildet und wollen keinen Millimeter davon abrücken.«

Zu sagen, dass mich seine Worte unangenehm berührten, wäre stark untertrieben. Teils, weil es uns grundsätzlich beschämt, wenn jemand, an dem uns nichts liegt oder den wir nicht mögen, Berufung gegen das von uns über ihn verhängte Urteil einlegt. Und teils, weil er recht hatte: Wir *hatten* ihn als miesepetrigen Zahlmeister abgestempelt, den wir am liebsten von hinten sahen.

»Es ist nicht leicht«, sagte er abermals. »Die Engländer sind kein besonders religiöses Volk. Selbst viele, die den Gottesdienst besuchen, tun es nur aus Gewohnheit. Das Sakrament empfangen sie nur halbherzig: Bislang ist mir noch niemand begegnet, dem ein freudiger Schauder über den Rücken läuft, weil er vom Blut Christi kosten darf. Selbst der Erntedankgottesdienst oder die Christmette, zu denen sie in großer Zahl herbeiströmen, bedeuten für sie nichts weiter als ein heidnisches Sich-Verneigen vor den Jahreszeiten. Sie brauchen mich nicht. Bei Taufen, Hochzeiten, Beerdigungen, da bin ich nützlich. Vor allem bei Beerdigungen – da bin ich für sie eine Art Umzugsunternehmer, der dafür sorgt, dass ihr Umzug an ihre letzte Wohnstätte sicher über die Bühne geht.« Er lachte bitter.

»Aber ich sehe schon, ich bringe Sie in Verlegenheit, Mr Birkin«, fuhr er fort. »Auch Sie brauchen mich nicht. Sie sind von einem Ort zurückgekehrt, an dem Sie Dinge gesehen haben, die kein Glaube zu erklären vermag, Dinge, über die Sie nicht sprechen und die Sie nicht vergessen können, aber genau das sind die Dinge, die an das Wesen der Religion rühren. Und darum haben Sie, wann immer ich Sie in diesen letzten Wochen besucht habe und ein Gespräch mit Ihnen beginnen wollte, allenfalls eine Bemerkung über den ungewöhnlich schönen Sommer aufgegriffen, gelegentlich genickt und gesagt, dass Sie gut mit Ihrer Arbeit vorankämen und dass Sie sich im Glockenstuhl oben recht wohl fühlten. Und haben insgeheim gehofft, ich möge bald wieder verschwinden.«

Die ganze Zeit über sah er mich, entgegen seiner sonstigen Art, direkt an. Dann reichte er mir den Umschlag und ging. Du lieber Himmel!

Während wir an diesem Abend aus dem Shepherd's Arms zurück nach Hause gingen, erzählte ich Moon von Keachs Besuch. »Nun, alter Junge, ich kann ihn irgendwie verstehen«, sagte er. »Schließlich ist die Kirche sein Geschäftssitz, und Sie haben mit Ihrem Gerüst ein gutes Drittel seines Arbeitsbereichs blockiert. Im Übrigen hat er recht – Sie *sind* fertig …«

Als ich protestieren wollte, fuhr er unbeirrt fort. »Ach, geben Sie es zu. Natürlich sind Sie fertig. Sie wissen genau, dass Sie das bisschen, was noch zu tun ist, an einem halben Tag erledigen könnten, wenn Sie wollten. Man braucht Sie doch nur anzuschauen, mal ganz abgesehen von Ihrem Wandgemälde. Seit einer Woche grinsen Sie wie ein frisch lackiertes Honigkuchenpferd (das sind Mossops Worte, nicht meine). Oder in anderen Worten wie jemand, der einen heiklen Auftrag zu erledigen hatte und ihn grandios über die Bühne gebracht hat. Weswegen auch immer Sie noch hier herumlungern, es ist jedenfalls nicht, weil Sie *diese* Arbeit noch zu Ende bringen müssen. Es wird nicht ewig währen, mein Junge.«

»Das weiß ich selbst.«

»Du liebe Güte, ich wollte Ihnen nicht auf den Schlips treten, Sie zugeknöpfter Mistkerl. Ich meinte doch nicht Ihre Arbeit. Ich meinte Oxgodby, die Freunde, die Sie hier gewonnen haben, diesen herrlichen Sommer, Ihre grandiose

Arbeit. Das alles meine ich. Aber so etwas lässt sich nicht wiederholen. Traurig, aber wahr! Doch ich bin mir sicher, sobald Sie sich auf den Weg machen, werden Sie sehen, dass die Welt Sie hinter der nächsten Biegung mit einem neuen Ausblick empfängt; gut möglich, dass er noch schöner ist.«

Er sah mich belustigt an. »Sie haben hier regelrecht Wurzeln geschlagen, stimmt's? Die Ellerbecks … Alice Keach …«

»Und Sie?«, fragte ich.

»Ja, es ist auch für mich Zeit zu gehen. Aber ich gebe Ihnen ein paar Tage Vorsprung, damit es nicht komisch aussieht. Wie auch immer, morgen oder übermorgen wird es Herbst hier: Ich kann es förmlich riechen – der Sommer ist dabei zu verglimmen.«

»Aber Sie haben noch nicht erledigt, wofür sie Sie bezahlen.«

Er lachte. »Hätte ich das getan, wären wir uns nie begegnet, stimmt's? Nun, ich habe getan, weswegen ich hergekommen bin, und nun muss ich es nur noch aufschreiben, und das kann ich auch später irgendwo anders erledigen. Aber jetzt knöpfe ich mir den guten Piers Hebron vor, und ich glaube fast, die liebe Miss H. wird etwas bekommen für ihr Geld.« Er grinste. »Um ehrlich zu sein, habe ich es so lange aufgeschoben, bis Sie keine Entschuldigung mehr hätten, mir ein bisschen zur Hand zu gehen. Morgen ist der große Tag, mein Junge. Gute Nacht.«

Bevor ich mich schlafen legte, trat ich nochmals ans Fenster. Und tatsächlich – der erste Herbsthauch lag in der Luft, ein Gefühl der Verschwendung, des Sehnens, Nehmens und des Bewahrenwollens, bevor es zu spät ist.

Früh am nächsten Morgen rief er zu mir hinauf, wo ich denn bliebe, das Frühstück sei fertig. Und als wir gegessen hatten, brachte er etwas zum Vorschein, das er »Dowthwaites Wünschelrute« nannte, einen langen, dünnen Stahlstab mit einer sehr scharfen Spitze, den der Schmied eigens für ihn angefertigt hatte. Hiermit sowie mit einem Schmiedehammer und einer Holzkiste bewaffnet, machten wir uns ans Werk.

»Die aus dem gemeinen Volk wurden nur in ein Leichentuch gewickelt begraben«, sagte er. »Immerhin reine Wolle gemäß eines vom Parlament beschlossenen Gesetzes, um die Schafwollindustrie zu unterstützen. Aber mein Toter hatte natürlich Anspruch auf einen Steinsarg. Und deswegen brauchen wir Dowthwaites Wünschelrute; um die Position des Sargs auszuloten.«

Im Geiste hatte er sich bereits jeden einzelnen Schritt zurechtgelegt, und so positionierten wir uns bei der Stelle, auf die er von Anfang an gesetzt hatte, eine kleine abgesenkte Fläche auf der Wiese. Er hatte mich ja bereits bei unserer ersten Begegnung darauf aufmerksam gemacht, sie erstreckte sich einige Schritte weit direkt an der südlichen Friedhofsmauer. »Näher am Altar wäre nicht gegangen; ich habe es mit meinem Maßband überprüft. Nun, der Mensch hört nie auf zu hoffen. Sie zuerst! Stellen Sie sich auf die Kiste und verbiegen Sie mir ja nicht meine Wünschelrute.«

Es ist ziemlich aufregend, einem Spezialisten bei der Arbeit zuzusehen, wenn man sich die Mühe macht, aufmerksam hinzuschauen. Ich meine, die Herangehensweise von jemandem zu betrachten, der seine Arbeit wirklich gut beherrscht. Von da an sieht man ihn mit anderen Augen. Genau so erging es mir mit Moon, es war, als wäre er jemand ganz anderer. Wissen Sie, er hatte tatsächlich recht mit seiner Vermutung. Er hatte ins Schwarze getroffen! Die einfachen Vorarbeiten überließ er zunächst mir: Immer wieder stieß ich mit der Stahlrute in die Erde, bis sie auf die »Zone der Hoffnung« traf, wie er es nannte. Dann übernahm er; behutsam senkte er die Rute in die Erde und neigte nach jedem Versuch den Kopf in Richtung des Bodens, um die Schwingungen wahrzunehmen, die von unten kamen.

»Mhm«, sagte er, »könnte sein, dass er um einen Felsblock tiefer liegt, als er eigentlich sollte«, und stocherte weiter. Plötzlich gab die Rute ein helles, vibrierendes Geräusch von sich. »Gut, ich werde sie jetzt auf Bodenhöhe mit Kreide markieren, dann ziehen wir sie heraus und versuchen es im Abstand von einem Fuß in jede Himmelsrichtung.«

Einen Fußbreit weiter westlich ging sie tiefer als bis zur Kreidemarkierung in die Erde, und es war kein misstönendes Vibrieren zu vernehmen. Einen Fußbreit nach Osten jedoch trafen wir erneut auf Stein, und auch einen weiteren Fußbreit in dieselbe Richtung.

»Das ist wirklich zutiefst befriedigend, mein Lieber«, sagte Moon und rieb sich die Hände. »Das beweist mal wieder, welche Schätze das Gedächtnis eines Volkes birgt und dass man auf die Mossops dieser Welt hören muss. Wie der Zufall es will, habe ich auch einen Spaten mitgebracht, und zum Zeichen meiner hohen Wertschätzung gebührt Ihnen der erste Stich. In den Piratengeschichten wissen sie nie, ob sie die Schatztruhe finden, bis sie sie tatsächlich erblicken. Aber ich kann Ihnen und der gebannt wartenden Welt schon jetzt mit allergrößter Sicherheit sagen, dass Sie Piers Hebron so tief unter der Erde liegend finden werden, wie dieser Spaten lang ist.«

»Sind Sie nicht auch schrecklich aufgeregt?«, fragte er. »Dort zu graben, wo schon andere fünf, sechs Jahrhunderte vor Ihnen gegraben haben? Nein? Nun, ich bin offenbar so einfach gestrickt, dass ich es genauso aufregend finde wie Ihre spezielle Mission dort oben. Vielleicht sind Ihre Hoffnungen einfach ganz anderer Natur. Wie alle Jungs sind Sie aufgewachsen in der Erwartung, eines Tages einen Topf voll Gold zu finden oder zumindest eine Goldddublone. Aber wir sind da anders; schon eine leichte Abweichung der Farbe der Erde lässt unseren Adrenalinspiegel steigen. Halten Sie inne, mein Freund: Selbst Ihnen muss auffallen, dass Sie Erde ausgraben, die sich eigentlich drei Spatenstiche tiefer befinden müsste. Großartig!«

Durch die Arbeit kam ich ordentlich ins Schwitzen, und ich war mehr als froh, als er seine Rute in das von mir ausgegrabene Loch senkte und mich anwies, herauszuklettern. »Sie haben zur Genüge bewiesen, dass ein tüchtiger britischer Arbeiter in Ihnen steckt«, sagte er. »Mossop hat mir erzählt, dass er den Totengräberteil seiner Küstertätigkeit wegen seines Rheumas, der schwindenden Kundschaft und der schlechten Bezahlung aufgeben wird. Mit seiner Unterstützung und einer Empfehlung meinerseits gehört der Job Ihnen, wenn Sie wollen; dann können Sie in Oxgodby alt werden.«

Er rutschte in das Erdloch, begab sich in eine hockende Position und begann, mit einer Handschaufel Erde in eine große Werkzeugtasche zu schaufeln, die ich auf sein Bitten hin von Zeit zu Zeit hinaufzog. Und so ging es eine Weile weiter. »Machen Sie schneller«!, drängte ich. »Bei dieser Geschwindigkeit brauchen wir bis heute Abend, nur um, wenn wir Pech haben, ein Pferdegerippe zu finden.«

»Wir *werden* den ganzen Tag brauchen!«, erwiderte er. »Hier geht es darum nachzuvollziehen, wo die Leute im Laufe der Jahrhunderte ihren Kram haben fallen lassen. Nun kommen Sie schon, sehen Sie nicht diesen Kleinpächter vor Ihrem geistigen Auge, der mit einem Bündel Holz auf dem Nachhauseweg ist, innehält und sich ein bisschen umblickt? Und schauen Sie nur! Diese Hand voll Erde etwas weiter unten, die der Bruder des Verstorbenen in die Grube gestreut hat? Jemand *muss* ihn geliebt haben. Wer, wenn nicht Sie, die Sie all die Wochen da oben mit ihnen gelebt haben, könnte sich in das Denken der mittelalterlichen Menschen hineinversetzen?«

Und so ging es den ganzen Morgen, bis wir mittags zu Moons Zelt gingen, um uns mit Brot sowie einem ordentlichen Stück Wensleydale zu stärken und in der Sonne zu dösen. Dann ging es wieder an die Arbeit. Mossop, der auf dem Heimweg vom Feld war, blieb stehen, um sich eine Zigarette zu drehen, und sah skeptisch zu uns herunter. Moon erklärte, dass er sein eigenes Grab aushebe, da er fest damit rechne, am nächsten Sonntag aus dem Leben zu scheiden, woraufhin Mossop brummte, die Leute aus dem Süden müsse man mit Vorsicht genießen, und seiner Wege ging. Als Nächstes erschien Kathy Ellerbeck, dann Revd. Keach, ein halbes Dutzend Burschen aus dem Dorf, Mr Dowthwaite und die verrückte Mrs Higarty, die ihren klapprigen Rollstuhl hinter sich herzerrte. Aber sie alle erblickten nichts weiter als ein immer tiefer werdendes Loch und zogen enttäuscht von dannen.

Als Moon etwas fand, das, wie er felsenfest behauptete, ein Hornknopf war, sahen wir darin einen Wink des Himmels, dass wir uns getrost für eine Weile ausruhen konnten, um die

Stücke Johannisbeer-Teekuchen zu verspeisen, die mir Mrs Ellerbeck geschickt hatte. »Fünfzehntes Jahrhundert!«, behauptete er. »Wir sind auf Kurs!« Aber erst rauchte er in Ruhe eine Pfeife, bevor er aufstand und sagte: »Auf geht's. Aber schön locker bleiben. Was immer da liegt, liegt schon sehr lange da: Es wird auch in den nächsten zwanzig Minuten nicht weglaufen.«

Es war fast schon sechs, als er mir zu verstehen gab, dass es ernst wurde, indem er seine Schuhe und Socken in der Tasche zu mir hinaufschickte und, nun doch von Aufregung überwältigt, so schnell zu graben begann, dass in Windeseile ein Stück Stein in Sicht kam. Aus dem konvexen Steindeckel erhob sich reliefartig ein sich anmutig wirbelförmig verzweigender Stamm mit einer Hand am oberen Ende, die einen Kelch hielt, auf dessen Rand eine Hostie balancierte.

»Ich glaube, da ist ein Name!«, rief Moon aus. »Ich kratze mal eben die Erde weg. Nein, besser, ich wasche sie heraus. Greifen Sie doch bitte mal da hinüber und reichen Sie mir den Wasserkessel.«

Nachdem er den Stein befeuchtet und die Erde ausgespült hatte, brütete er eine Weile kopfschüttelnd darüber. »Und?«, fragte ich. »Sagen Sie schon. Ist es Piers oder nicht?« Anstatt zu antworten, kletterte er nach oben und sagte: »Da ist kein Name. Nun, das wäre vermutlich auch ungewöhnlich gewesen. Da steht einfach nur ›*miserrimus*‹ – was ungefähr so viel bedeutet wie: ›Von allen Menschen bin ich der elendste.‹ Du lieber Himmel, die scheinen den armen Teufel wirklich auf dem Kieker gehabt zu haben. Aber warum nur? Nun, das werden wir wohl nie erfahren.«

Dann holte er eine Kamera und fotografierte den Sarg von allen Seiten. »Für Veröffentlichungszwecke!«, verkündete er. »Falls ich mich eines Tages für eine Stelle an einer Universität bewerben möchte. Niemanden interessiert es, was man wirklich draufhat, sondern nur, was man veröffentlicht hat …«

»Und nun«, fuhr er fort, »werfen wir kurz einen Blick hinein, bevor Sie den Colonel holen gehen und ihn eine Quittung für die Übergabe seines Urahns unterschreiben lassen. Wir brauchen den Deckel nur ein paar Zentimeter zur Seite zu schieben. Das schaffen wir gemeinsam.«

Also glitten wir wieder in die Grube, und indem er an dem Deckel zog und ich schob, konnten wir ihn ein wenig drehen. Dann sahen wir hinein. Ein seit Jahrhunderten Toter hat weder etwas Angsteinflößendes noch Trauriges – nur mehr vertrocknete braune Gebeine und ein bisschen Staub. Aber was kann man nach fünfhundert Jahren auch anderes erwarten? Dennoch ist es aufregend, wenn man der Erste ist, der erblickt, was so lange verborgen lag, und Moon, der sein Gesicht dem Spalt näherte, blies sanft in den Sarg. Eine Staubwolke stieg auf. »Das Leichentuch!«, murmelte er.

Dann sagte er: »Kommen Sie, ein Stückchen geht noch; mitgefangen, mitgehangen. Wir schieben jetzt beide und lehnen den Deckel gegen die Grubenwand.« Das taten wir, und der Deckel bewegte sich Zentimeter um Zentimeter, bis wir das zusammengefallene Skelett in seiner ganzen Länge sehen konnten. Wir kauerten nieder und betrachteten es.

»Ausgezeichnet konserviert! Wirklich, besser geht's nicht«, murmelte Moon. »Der Sarg muss vollkommen luftdicht abgeschlossen gewesen sein. Aber schauen Sie mal – sehen Sie das? – an der dritten Rippe von oben.« Er beugte sich tiefer hinein und blies erneut. »Hier!«

An einer Rippe hing ein metallenes Etwas; er fuhr mit der Spitze seines Stifts hinein und fischte es heraus. »Ah, eine Kette mit einer Mondsichel daran! Deshalb haben sie ihn also nicht im Kirchhof bestattet. Er war Muslim. Wurde vielleicht auf einer Expedition gefangen genommen und konvertierte, um seine Haut zu retten! Du lieber Himmel! Können Sie sich das Spektakel vorstellen, das sein erneutes Auftauchen in Oxgodby auslösen würde? Und was wohl der Colonel dazu sagen wird?«

Er sah mich leicht belustigt an. »Tja, schade!«, sagte er. »Aber was halten Sie davon, wenn wir schlafende Hunde schlafen lassen, noch dazu ketzerische?« Er hob die Kette mit dem Anhänger vorsichtig heraus und ließ sie in seinem Taschentuch verschwinden. Dann kletterte er aus der Grube, reichte mir ein Stahlband und wies mich wie einen Schneiderjungen an, Maß zu nehmen und ihm die Abmessungen zuzurufen.

»Gut«, sagte er, »und jetzt gehen Sie Keach holen, und ich übernehme es, den Colonel zu benachrichtigen, dann wollen wir ihnen unser Exponat A zeigen. Anschließend legen wir die Kette wieder hinein, damit er mit keinem schlechteren Leumund als zuvor weiterruhen kann. Aber zuerst steigen wir Ihre Leiter hinauf und schauen uns noch einmal an, wie sein Gesicht ausgesehen hat, bevor es zu Staub zerfiel.«

Und ob Sie es glauben oder nicht, aber mir war tatsächlich noch nicht in den Sinn gekommen, dass dieser Knochenhaufen der in den Höllenschlund hinabstürzende Mann auf meinem Wandgemälde war.

Der nächste Tag war ein Samstag, und ich beschloss, nun, da Moon seinen Job erledigt hatte, meinen ebenfalls zu Ende zu bringen. Ich benachrichtigte die Kricketmannschaft, dass ich beim Spiel in Steeple Sinderby leider nicht als Schiedsrichter fungieren könne, und stieg, nachdem ich den ganzen Morgen durchgearbeitet hatte, um zwei Uhr die Leiter hinab. In der vagen Hoffnung, Moon würde mir Gesellschaft leisten, begab ich mich mit Brot und Käse nach draußen. Aber er ließ sich nicht blicken, und später erfuhr ich, dass er mit dem Frühzug nach York gefahren war.

Also setzte ich mich auf Elijah Fletchers Steinsarg, und nachdem ich gegessen und eine Woodbine geraucht hatte, schlief ich, einen Arm unter den Kopf geschlagen, rücklings auf der warmen Steinplatte im Kirchhof ein. Als ich aufwachte, blickte ich in das lächelnde Gesicht von Alice Keach, die allem Anschein nach schon eine geraume Weile dort gestanden haben musste. »Dachte mir doch, dass ich Sie hier finden würde«, sagte sie, »als ich Sie nicht unter den Kricketspielern entdeckte, die vor dem Shepherd warteten. Ich habe Ihnen eine Tüte Äpfel mitgebracht. Es sind Ribston Pippins; das hiesige Klima hier oben bekommt ihnen sehr gut; ich erinnere mich, dass Sie irgendwann mal gesagt haben, Sie mögen feste Äpfel.«

Und so unterhielten wir uns eine Zeit lang über Äpfel. Ihr Vater sei ein begeisterter Apfelzüchter gewesen. In Hampshire hätten sie einen ziemlich großen Obstgarten mit allerlei Apfelsorten besessen, und er habe sie gelehrt, sie zu unterscheiden. »Bevor er in einen biss, roch er daran, drehte ihn dann zwischen den Händen hin und her und schnupperte dann an seinen Händen. Dann klopfte er den Apfel ab und befühlte ihn wie ein Blinder. Manchmal forderte er mich auf, die Augen zu schließen, ließ mich abbeißen und wollte dann von mir wissen, welche Apfelsorte es sei.«

»Sie sollten zum Beispiel sagen, ob es ein d'Arcy Spice oder Cox Orange war?«

Sie lachte. »Das wäre viel zu einfach gewesen, ein Unterschied wie zwischen Salz und Pfeffer. Nein, es ging um Äpfel, die sich von der Form und dem Geschmack her sehr ähneln. Zum Beispiel – nun, Cosette Reine und Coseman Reinette. Seither bin ich Apfelexpertin. Apfelkunde ist das einzige Fach, worin ich ein Examen bestehen würde.«

Dann fragte sie mich überraschend, ob sie mein Turmquartier sehen dürfe, und wir stiegen hinauf. »Von hier oben spionieren Sie uns also während der Sonntagsmesse aus?«, fragte sie und spähte an meinem Baluster vorbei in den Kirchenraum hinab. »Was für ein erhabenes Bild wir abgeben müssen!«

Ich erwiderte, dass sie nichts zu befürchten habe; ich würde stets nur ihren Hut sehen. »Den leichten Strohhut«, sagte ich. »Der gefällt mir am besten. Vor allem, wenn Sie eine Rose ins Hutband gesteckt haben.«

»Eine Rose ins Hutband stecken! Wie sich das anhört! Sie müssen wissen, Sara van Fleet ist keine gewöhnliche alte Rosensorte. Aber schade, dass Sie mir das erst jetzt sagen. Hätte ich es gewusst, hätte ich ihn jeden Sonntag getragen. Ich glaube nicht, dass Arthur bemerkt, was ich anhabe.«

Dann drehte sie sich um und trat ans Südfenster. Eine Weile stand sie schweigend da. Dann fragte sie: »Also hat Mr Moon es doch noch gefunden?«

Warum ihr nicht die ganze Wahrheit erzählen?, dachte ich. Er wird es ohnehin veröffentlichen. Also erzählte ich ihr, womit er sich die ganze Zeit davor beschäftigt hatte, und beugte mich vor, um ihr zu zeigen, wo die angelsächsische Kapelle gestanden hatte. Im selben Moment drehte sie sich zu mir hin, sodass ihre Brüste gegen meinen Körper pressten. Und während wir beide auf die Wiese hinabblickten, rückte sie nicht von mir weg, wie sie es leicht hätte tun können.

In diesem Moment hätte ich den Arm um ihre Schultern legen, ihr Gesicht zu mir hin drehen und sie küssen sollen. Ich hätte die Gelegenheit beim Schopf packen sollen. Deshalb war sie gekommen. Das hätte alles verändert. Mein Leben, ihres. Wir hätten über uns reden und laut aussprechen müssen, was wir beide wussten, und hätten uns dann vielleicht vom Fenster abgewandt und uns auf meinem provisorischen Lager geliebt. Und danach wären wir zusammen weggegangen, womöglich schon mit dem nächsten Zug. Mein Herz raste. Ich atmete schwer. Sie lehnte sich an mich, wartete. Und ich tat nichts, sagte nichts.

Schließlich löste sie sich von mir und sagte mit bebender Stimme: »Gut, danke, dass Sie mir Ihr Quartier gezeigt haben. Ich muss mich jetzt beeilen: Arthur wundert sich bestimmt schon, wo ich abgeblieben bin. Nein, bitte, ich finde wirklich allein hinunter.«

Dann war sie weg.

Ich weiß nicht mehr, wie viele Stunden ich dort oben auf dem Boden saß, mit dem Rücken an die Turmmauer gelehnt. Einmal hörte ich, wie Kathy Ellerbeck von unten etwas hochrief, aber als ich nicht antwortete, ging sie wieder.

Am nächsten Morgen, einem Sonntag, erschien sie nicht in der Kirche, und da ich den Gedanken nicht ertragen konnte, Moon, den Ellerbecks und den übrigen Methodisten gegenüberzutreten, ging ich hinaus und wanderte, Wege und Pfade meidend, in Richtung Westen; ich stapfte quer über Wiesen und Felder, zwängte mich durch Lücken in den Hecken und sprang über Trockensteinmauern. Ich war noch nie hier unterwegs gewesen. Die Luft war warm und roch nach ausgehender Reifezeit. Der Sommer bäumte sich ein letztes Mal über dem Tal auf, die Buchen loderten wie Fackeln in der Sonne, während sich der Hitzedunst über Hecken und Büschen und den auf den ausgedorrten Berghängen grasenden Schafen allmählich verflüchtigte. So sehr ich mich auch dagegen wehrte, wusste ich, dass dieses Landschaftsbild eine letzte Momentaufnahme war. Mit dem grandiosen Wetter wäre es bald vorbei.

Es war bereits dunkel, als ich zurückkehrte, so spät, dass in den Fenstern kein Licht mehr brannte. Und da mir klar war, dass ich, so müde ich auch war, keinen Schlaf finden würde, bog ich an Moons Zelt ab in Richtung Pfarrhaus und stolperte durch den finsteren Pflanzentunnel der Einfahrt. Als ich den Kutschenwendeplatz erreichte und vor dem Haus stehen blieb, war der Mond über den Bäumen aufgegangen und erleuchtete die Szenerie. Ein Fenster war offen, und einen Moment lang glaubte ich, Alice stünde in ihrem Nachthemd dort, hätte mich entdeckt und winkte mir zu.

Aber es war nur ein in der nächtlichen Brise flatternder Vorhang.

Ich weiß weder, welche Hoffnung mich beschäftigte, noch, wie lange ich dort stand, geschweige denn, wie ich wieder in meine Turmkammer zurückgelangte. Bisweilen frage ich mich sogar, ob das Ganze nur ein Traum gewesen sei.

Auch am nächsten Morgen harrte ich wieder dort oben auf dem Boden meiner Turmkammer aus, an eine Mauer gelehnt, an die gegenüberliegende starrend. Einmal hörte ich Charles Moon nach mir rufen und hin und wieder Schritte (aber nicht ihre) unten in der Kirche. Gegen Abend riss ich mich dann zusammen und dachte: Nun, den meisten von uns bietet das Leben eine zweite Chance; vielleicht wartet sie ja zu Hause, so wie ich hier warte.

Als ich den Kutschenwendeplatz erreichte, musste ich mich zwingen weiterzugehen und hätte, wäre ich nur kurz stehen geblieben, vermutlich auf dem Absatz kehrtgemacht. Doch dann fand ich mich in diesem absurden Säulengang wieder, nur einen Schritt von ihrer Tür entfernt, und war außer Atem, so als wäre ich gerannt.

Woher weiß man, dass niemand zu Hause ist? In diesem Haus war jedenfalls kein Mensch anwesend, das wusste ich. Ich wusste es, noch bevor mein Klopfen unbeantwortet blieb, noch bevor ich mich bückte und den Deckel des Briefkastens anhob und in eine dunkle Leere starrte, die alles verhüllen zu wollen schien, und nur meine Erinnerung führte mich wieder über die nackten Dielenböden, durch die abgedunkelten Räume und über die kahlen Treppen jenseits dieser Tür.

Sie sind nicht da, dachte ich. Sie sind gegangen. Und ich wandte mich zum Gehen. Dann erinnerte ich mich an die Klingel, den kleinen schäbigen Knauf, der aus einem in den Türpfosten gebohrten Loch hing, und den rostigen Draht, an dem er befestigt war und der jetzt in der Dunkelheit und Stille des Hauses versenkt war. Ich zog daran, und nachdem zunächst nur ein raues Schaben zu hören war, erklang weit entfernt, tief im Inneren des leeren Hauses eine Glocke: Sie störte die Stille nur für einen Augenblick. Doch hoch oben an der Wand, an der sie hing, musste sie noch eine Weile nachgebebt haben wie ein lebendiges Wesen.

Was kam nur über mich? Ein Anfall von Wahnsinn vermutlich, denn ich packte diesen Knauf erneut und zog wieder und wieder daran, sodass das Bimmeln der Glocke über die Flure eilte, um Ecken herum und dann treppab, ein sich vervielfältigendes Echo, das sich durch das dunkle, leere Haus ausbreitete wie Lachsalven. Aber ich wusste, dass es ein Lachen war, das aus der Vergangenheit nach mir rief – klar, neckend und doch so eindringlich wie traurig. Es war der schlimmste Augenblick meines Lebens.

Und wieder zerrte ich an dem Knauf, ungestüm und verzweifelt. Für wie lange, vermochte ich hinterher nicht zu sagen, doch als ich mich schließlich umdrehte und wegging, wusste ich, dass ich sie nie mehr wiedersehen würde.

Irgendwie überstand ich diesen Tag, und in der Nacht kam Wind auf, der an den Eschen rüttelte, und Böen warfen sich gegen den Turm, sodass sich zum ersten Mal während meines Aufenthalts dort oben in der Nacht die Glocke über mir bewegte. Es war nur ein dünner, vom äußeren Rand ausgehender Ton. Im Halbschlaf fragte ich mich, welche Bedeutung er hatte, aber am Morgen war er nur mehr die Erinnerung an ein nächtliches Geräusch.

Der Tag brachte abermals strahlendes Wetter, wie so oft, nachdem ein stürmischer Wind die Wolken weggeblasen hat. Die Bäume, über Nacht ihrer Blätter beraubt, waren nur noch schwarze Gerippe und die gefallenen Blätter gegen Hecken und Mauern verweht. Kinder spielten darin, wirbelten ganze Armladungen in die Luft und schrien aufgeregt, wie Badende am Strand. Mit einem Mal sah ich Dächer und Mauern und Gärten, die meinem Blick bislang verborgen gewesen waren. Es war erstaunlich, als betrachtete man zum ersten Mal die Landkarte eines Ortes, den man gut kannte, und entdeckte plötzlich neue Mulden und Winkel.

Lange schaute ich aus meinem Fenster hinab; der Sommer war dem Herbst gewichen. Über Nacht hatte eine neue Jahreszeit eingesetzt. Die Menschen machten sich in ihren Hinterhöfen und Gärten zu schaffen, verbrannten, schnitten zurück, verstärkten Zäune, befreiten Regenrinnen von Laub. Sie waren genauso dem Ruf der Natur gefolgt wie die Schwalben, die sich auf den Telegrafenmasten sammelten, und die Igel, die sich schnüffelnd in die Laubschicht unter den Hecken gruben, um sich für den Winterschlaf vorzubereiten. Es waren Tätigkeiten, wie sie auch schon ihre Vorfahren, die Männer und Frauen auf meinem Wandgemälde, ausgeführt hatten – das Dichtmachen der Schotten vor dem Angriff des Winters.

An diesem Morgen bekam ich meinen ersten Brief. Der Himmel allein weiß, wie sie meinen Aufenthaltsort herausgekriegt hatte, jedenfalls war er von Vinny: Sie wolle, dass ich wieder nach Hause käme. Es stand noch mehr in ihrem Brief, aber darauf lief es hinaus – sie wolle mich zurückhaben. Ich machte mir keine Illusionen. Sie würde wieder weglaufen, um dann wieder zurückzukommen. Und ich sollte auf sie warten.

Nachdem ich ihn gelesen hatte, packte ich meine Sachen zusammen – alles, bis auf meinen außergewöhnlichen Mantel. Ich ließ ihn für Mossop am Nagel hängen: Er hatte mir mehr als einmal zu verstehen gegeben, wie sehr er ihm gefiel, und ich hatte nichts anderes, was ich ihm hätte geben können. Dann ging ich nach unten und sah mich ein letztes Mal um. Der gute alte Bankdam-Crowther, nunmehr begnadigt – vielleicht war dies der geeignete Moment, ihn auf Herz und Nieren zu prüfen und mich dann auf dem Höhepunkt seines rauch- und funkensprühenden Wütens von dannen zu machen? Ich schlenderte zwischen der Säulenreihe hindurch zum südlichen Seitenschiff, um ein letztes Mal an dem schwermütigen Lebewohl von Laetitias Gatten teilzuhaben.

»Ah, amantissimam et delectissimam.
Vale.«

Und ich dachte: Vielleicht hast du gut daran getan, dich frühzeitig zu verabschieden; die Liebe hätte womöglich nicht ewig gewährt.

Zu guter Letzt spähte ich am Gerüst vorbei auf das großartige Gemälde, das im Halbschatten lag. Kaum ein Gefühl regte sich in mir. Nicht mehr, als ein Maurer fühlen mag, wenn er sich von einem Haus abwendet, um ein neues zu beginnen. Zuerst war da eine graue Mauer gewesen, und jetzt war sie von Formen und Farben bedeckt.

Und so schulterte ich meinen Seesack und ging in den Kirchhof hinaus. Obwohl schon nach neun, war das Gras noch nass vom Tau, und Spinnweben hatten sich von Büschen und Gestrüpp gelöst und schwebten in der Luft. Alles war, wie es bei meiner Ankunft gewesen war – die Felder, die hohen Wälder in der Ferne, sogar die Katze hockte da. Sie sah mich feindselig an, als ich die Schnurschlaufe anhob und das Tor öffnete, um mich quer über die Wiese zu Moons Zelt zu begeben, ihm Tschüss zu sagen, ehe ich zum Bahnhof weiterginge und mich von den Ellerbecks verabschiedete. Doch dann (ich kann nicht erklären, warum) fiel die Benommenheit von mir ab, und ich wusste, egal, was mir diese Wochen auf dem Land alles beschert hatten, ich hatte sie in Gesellschaft eines großen Künstlers verbracht, meines geheimen Teilhabers während der vielen Stunden, in denen ich im Halbdunkel über dem Chorbogen gearbeitet hatte. So ging ich abermals hinein und stieg die Leiter hinauf, um ein letztes Mal zu schauen. Während ich vor diesem riesigen Wandbild stand, überkamen mich dieses altvertraute aufgeregte Kribbeln und die Gewissheit, dass eines Tages auch ein Fremder hier stehen und verstehen würde.

Für ihn würde es sein, wie wenn man nach Malvern kommt, in das farblose Malvern, und von dem Gedanken beseelt innehält, dass Edward Elgar auf dem Weg zu einer Musikstunde genau durch diese Straße gegangen ist. Oder wenn man zu den Clee Hills hinüberblickt und darüber nachdenkt, dass Housman genau an derselben Stelle gestanden und sein »Land versunkener Geborgenheit« betrauert hat. Es sind solche Momente, in denen einige von uns ein wehmütiges Ziehen in der Brust spüren – im Wissen, dass ein wertvoller Moment vorüberging, ohne dass wir dabei waren.

Wir können noch so bitten und flehen, aber wir werden das, von dem wir einst glaubten, es würde uns auf ewig gehören, nicht wiederbekommen – die Art, wie die Dinge aussahen, allein diese Kirche inmitten der Felder und Wiesen, das Bett auf dem Dachboden unter dem Glockenstuhl, eine Stimme in unserer Erinnerung, die Berührung durch eine Hand, ein geliebtes Gesicht. Sie sind für immer verloren, und man kann nur warten, bis der Schmerz über den Verlust nachlässt.

All das geschah vor langer Zeit. Und ich bin nie wieder zurückgekehrt, habe nie jemandem geschrieben und bin niemandem begegnet, der mir Neuigkeiten von Oxgodby hätte berichten können. Und so bleibt es in meiner Erinnerung, wie ich es zurückgelassen habe, ein versiegelter Raum, von der Vergangenheit möbliert, luftdicht, reglos, gleich längst vertrockneter Tinte in einem vor langer Zeit niedergelegten Federhalter.

Doch davon wusste ich noch nichts, als ich das Tor hinter mir schloss und mich quer über die Wiese auf den Weg machte.

Stocken, Presteigne
September 1978

Wie die Steeple Sinderby Wanderers den Pokal holten

Leseprobe

192 Seiten
Auch als eBook

Nach dem grossen Kassensturz waren noch ungefähr tausend Pfund übrig, die für eine offizielle Chronik verwendet werden sollten. Eine hochrangige Persönlichkeit aus dem Spitzensport brachte unseren Vorsitzenden auf diese Idee. In seinem Brief schrieb der Betreffende: »Diese glorreiche Heldentat in der modernen Sportgeschichte sollte – und muss – für die Nachwelt bewahrt werden, und ich wäre stolz und es wäre mir eine Ehre, Sir, diesen Dienst Ihnen und Ihrer furchtlosen Truppe zu erweisen, sofern wir uns auf angemessene Bedingungen einigen können …« Und, fügte er hinzu, er würde dafür plädieren, dass Mr Fangfoss ein kurzes Vorwort verfasse, und auf der zweiten Seite könne man ein farbiges Porträt unseres Vorsitzenden mit seiner Unterschrift abdrucken.

Zweifelsohne war der Briefschreiber genau der Richtige für das Erstellen der Chronik. Seine Spielberichte in den hochkarätigen Sonntagszeitungen waren wirklich von fabelhafter Qualität. Selbst wenn die Werbe- und Vertriebsleiter ihre üblichen Fehden einmal ruhen ließen und gemeinsam beschlossen, ihn in Richtung Norden unters gemeine Volk zu schicken, damit er vor Kälte bibbernd irgendeiner trostlosen Vierte-Liga-Keilerei beiwohnte, wusste man, dass man hinterher ein Stück Literatur zu lesen bekäme. Seine Reportagen waren sogar gesammelt als Bücher erhältlich, man konnte sie sich in Bibliotheken ausleihen, und einige waren in Schullesebüchern enthalten. Daher war es umso verblüffender, dass unser Vorsitzender Mr Fangfoss, als er *von* ihm hörte, zugeben musste, noch nie etwas *über* ihn gehört zu haben.

»X?«, fragte er seine Vorstandskollegen. »X …, wer soll das sein? Nein, Sie machen das, Mr Gidner, Sie sind genau der Richtige für diesen Job. Schließlich verdienen Sie mit Schreiben Ihre Brötchen.«

»Aber nicht so wie er«, entgegnete ich. »Das, was ich mache, hat mit richtigem Schreiben nichts zu tun …«

Wenn es darum ging, bei Versammlungen das letzte Wort zu haben, war Mr Fangfoss unschlagbar: Er änderte einfach nur die Grammatik und wiederholte das bereits Gesagte, nur eben deutlich lauter.

»Unser Mr Gidner ist der Richtige. Er verdient mit dem Schreiben seine Brötchen. Wir alle wissen das. Also, wer ist dafür? Ähm … alle, einstimmig! Sehr gut! Das hätten wir also. Es gibt fünfhundert sofort, die restlichen fünfhundert, wenn das Ding gedruckt ist. Und kein Geschwafel bitte. Halten Sie sich einfach an die ungeschminkte Wahrheit. Und wenn Sie nicht mehr genau wissen, was die Wahrheit war, fragen Sie mich. Gut, dann zum nächsten Punkt …«

Das hier ist noch nicht die offizielle Chronik. Es ist nur ein grober Entwurf. Die offizielle Chronik wird länger sein, jedes Detail wird minutiös geprüft werden, um sicherzustellen, dass wirklich nur die ungeschminkte Wahrheit gedruckt wird; Geschmacklosigkeiten werden getilgt werden, und der Text wird in stilistischer Hinsicht sowieso von ganz anderer Qualität sein. Deshalb wird sie auch mehr kosten.

Aber wenn Sie lediglich wissen wollen, was passiert ist,

tut's das hier bestimmt auch. Und was passiert ist, ist passiert, weil drei – nun, vielleicht auch vier – bemerkenswerte Männer zur selben Zeit am selben Ort waren. Einfach nur purer Zufall! Was bei genauerer Betrachtung fast immer der Grund ist, warum außergewöhnliche Dinge geschehen. Es läuft alles auf diese eine Sache hinaus: SIE WAREN DA.

Alles begann am Freitag, dem 14. März, dem letzten Spieltag der vorherigen Saison. In unserer Gegend die Zeit des Jahres, in der die Abflussrinnen auf den Zuckerrübenfeldern das letzte Winterregenwasser schlucken, woraufhin es weiter in die Gräben und von dort in die Kanäle fließt, sodass das Land wieder sicher über Meereshöhe steigt, die Zeit, in der klebrige Blüten in Konservengläsern gesammelt werden und, die verlässlichsten Vorboten des Frühlings überhaupt, Bewohner gemeindeeigener Sozialunterkünfte, die später im Jahr vom »Unser Dorf soll schöner werden«-Komitee wegen Vernachlässigung ihrer Vorgärten abgemahnt werden, vorsichtig ein paar Schritte vor die Tür machen und ein paar optimistische Spatenstiche wagen. Und die Dorfschule hatte kürzlich den Besuch eines Schulinspektors über sich ergehen lassen müssen. Kein formloses Nach-dem-Rechten-Schauen, sondern eine gründliche, kritische Prüfung sämtlicher Abläufe. Alex Slingsby erzählte mir davon.

Offenbar hatte der Spion, nachdem seine Mission erledigt war, seine schwarze Aktenmappe genommen, sich zum ersten Mal ein Lächeln abgerungen und auf halbem Weg zur Tür vorsichtig eingeräumt, dass es ihm eine Freude gewesen sei, Dr. Kossuths kleine Institution zu inspizieren, und man könne nur wünschen, dass es mehr Schulen dieser Art im Land gäbe – aber man möge ihn bitte nicht zitieren.

Nur eine letzte unbedeutende Kleinigkeit würde ihn noch

interessieren: Wie dem Rektor das erstaunliche Wunder gelungen sei, ausnahmslos allen Kindern diese Kunst des Memorierens beizubringen, die er in der vergangenen Woche habe bestaunen können, zum Beispiel der Junge, der einhundert Zeilen aus der Ballade *Wie Horatius die Brücke verteidigte* rezitierte, oder das kleine Mädchen und dessen unglaublich genaue Beschreibung des Gemäldes *Chaucer am Hof König Edwards III.*, das es bei einem Klassenausflug in die städtische Kunstgalerie von Birmingham gesehen hatte. »Ihre Beschreibung der Details der mittelalterlichen Kleidung … wirklich sehr bemerkenswert. Ich musste sie geradezu bitten, es gut sein zu lassen …! Was für eine Demonstration der Leistungsfähigkeit des menschlichen Gedächtnisses!«

Dr. Kossuth zeigte sich angesichts dieses Lobs allenfalls milde erfreut, war er als Ausländer doch noch nicht an das allgegenwärtige Desinteresse gegenüber der Erziehung der Jugend unseres Landes gewöhnt. Ohne zu zögern, legte er seine Theorien dar, auf deren Details ich nicht weiter eingehen möchte (unser Thema ist schließlich Fußball). Nur so viel: Laut Dr. Kossuth muss man Kindern lediglich beibringen, wie man richtig lernt und das Gelernte so lange im Gedächtnis behält, wie es von irgendeinem praktischen Nutzen ist. Daher verbrachte jedes Schulkind von Steeple Sinderby wöchentlich siebeneinhalb Stunden mit dem Trainieren der genauen Beobachtungsgabe, des Schnelllesens und der Merkfähigkeit, und die besonders hellen Köpfe bekamen noch eine schwierige Extraaufgabe – Geschwätz und Hintergrundgeräusche auszublenden, während sie konstruktives Denken und das optimale Ausnützen der Zeit übten.

»Mhm … Ah-h-h«, murmelte der staatliche Schulinspektor, zweifelsohne beunruhigt von dem Gedanken, dass er und seinesgleichen arbeitslos würden, sollte sich der letzte Teil dieser revolutionären Doktrin durchsetzen.

»Wie auch immer«, fuhr Dr. Kossuth fort, auch wenn es ihn freue, dass die Kunst des Memorierens die Neugier seines hohen Gastes geweckt habe, so eigneten sich die beiden von ihm angeführten Beispiele keineswegs als Praxistest für die Kossuth'sche Methode, weil a) *Horatius* eine überaus anschauliche Geschichte sei und b) das Mädchen das beschriebene Bild tatsächlich gesehen habe. »Wählen Sie irgendein anderes Kind aus«, drängte er ihn – *»Irgendeines!«* (Das Los fiel auf Bill Fangfoss.) »Unser junger Freund ist noch nie in seinem Leben Zug gefahren, weil der ehemalige Vorstandsvorsitzende der British Railways, Dr. Beeching, noch vor Bills Geburt sämtliche Bahnstrecken in unserer Grafschaft stilllegen hat lassen. Nun gut, nennen Sie irgendeine Eisenbahnlinie in Großbritannien, auch wenn sie nur noch auf alten Landkarten existiert, und Billy wird Ihnen in der richtigen Reihenfolge sämtliche Bahnhöfe und Haltestellen aufzählen, bis er an einem Hauptstrecken-Knotenpunkt angelangt ist; dann müssen Sie ihm sagen, ob er nach links oder rechts oder geradeaus weiterfahren soll.«

»Von Banbury nach Cheltenham«, sagte der Mann zu Billy.

»Banbury – King's Sutton – Adderbury – Milton – Hook Norton – Great Rollright – Chipping Norton – Kingham (für Bledington und Church Icomb) – Stow on the Wold – Bourton on the Water …«

»Danke, das reicht«, sagte der Schulinspektor. »Du bist ein cleveres Kerlchen und wirst die Prüfung für eine weiterführende Schule bestimmt ohne Weiteres bestehen.«

Und so machte sich der arme Mann von dannen, während er über ebendiese Enthüllung grübelte, welch – um mit dem Dichter Thomas Gray zu sprechen – manchen Edelstein aus reinstem klarem Strahlen die unergründlichen Höhlen des dunklen Britanniens bargen; gewiss schüttelte er, kaum war er um die erste Ecke gebogen, voller Ehrfurcht angesichts dieser Begegnung mit einem wahrhaft großen Geist den Kopf.

Nicht, dass Sie jetzt denken, der Titel dieser Geschichte sei eine Falle oder falsche Fährte: Es *geht* um Fußball. Und ich habe diese Begebenheit nur erzählt, um aufzuzeigen, dass in unserem nicht gerade ruhmbedeckten Dorf dieser Mann von wirklich verblüffender Originalität wohnte, der bereit und gewillt war, die verkrusteten Strukturen unserer nationalen Institutionen aufzustemmen – sogar, wie Sie noch sehen werden, die angelaufenen heiligen Reliquien auszubuddeln, die die Football League unter dem Vorsitz von Mr Hardaker begraben hatte – und sie für die heutige Zeit neu zu formen. Glauben Sie mir, solche Männer sind in diesem einst großen Land rar gesät.

Aber er war hier. Und weil er hier war, gewann Steeple Sinderby, dieses 547-Seelen-Dorf, das in der trockenen Jahreszeit knapp zehn Meter über dem Meeresspiegel liegt, diesen großen Wettbewerb, den englischen Fußballpokal. Nun, sagen wir, zum Teil weil er hier war. Andere trugen ebenfalls dazu bei. Auch meine Wenigkeit.

Wie bereits gesagt, war Dr. Kossuth kein geborener Engländer, was ich im Übrigen bedauere. Weil seine politischen Ideen genauso originell waren wie seine pädagogischen, hatten seine ungarischen Landsleute ihm seine Dozentenstelle weggenommen und hätten ihn bestimmt auch seiner Freiheit beraubt, hätte er das Land nicht rechtzeitig durch die Hintertür verlassen. Mittlerweile lebte er in seliger Abgeschiedenheit in unserem Schulhaus mit der rosenumrankten Tür und war zufrieden. Ein großer Trost war ihm sicherlich auch seine schöne junge Frau.

Er war Doktor der Philosophie, nicht der Medizin. Tatsächlich hieß es, es sei ihm sogar lieber, mit »Mr« angesprochen zu werden, damit die Leute ihm nicht ständig von ihren Rückenschmerzen erzählten. Aber Mr Fangfoss, unser Vorsitzender, der gleichzeitig der Vorsitzende des Schulvorstands war, bestand darauf, dass man den Rektor mit »Dr.« ansprach. Beide Söhne von Mr Fangfoss besuchten die Dorfschule, und er meinte, eine Dorfschule mit einem Doktor als Rektor sei ebenso gut wie eine Privatschule; im Gegenteil, noch besser, in Anbetracht der Schulgebühren, die man sich sparte.

Es war nur eine kleine Schule mit drei Angestellten – dem Doktor, Mr Croser (der schon als Schüler dort gewesen war, dann als Referendar und schließlich als Lehrer, alles in allem seit sechzig Jahren) und Alex Slingsby. *Inzwischen* kennen ihn alle – er ist zu einer Fußballlegende geworden, Alexander der Große des Fußballs. Und bei ihm ist es mehr als nur das übliche Tamtam: Er *war* ein ganz Großer. Und bereits an jenem Schicksalstag, an dem die Weichen gestellt wurden, hätte jeder eingefleischte Fußballfan, der regelmäßig über Tabellen brütet, als wären sie die Heilige Schrift, Ihnen sagen können, dass ein A. Slingsby sieben Jahre zuvor sechs Spiele für Aston Villa bestritten hatte, bevor er in der großen stillen Versenkung jenseits des Sportteils verschwunden war. Nun, er hatte sich nach Steeple Sinderby zurückgezogen, wo niemand auch nur ahnte, welch ruhmreiche Karriere ihm hätte bevorstehen können, und wo er die Dorfmannschaft trainierte. Inzwischen war er siebenundzwanzig.

Die vergangene Saison war für die Wanderers recht gut gelaufen. Zunächst hatte es sogar so ausgesehen, als würden sie sie als Dritte oder Vierte in der Barchester & District League beenden, und sie hatten gute Chancen, das Halbfinale des Lord-Channing-Wahlkreis-Wanderpokals zu erreichen, doch dann wurden sie von den Cascop Colliery Welfare, dem Team des dortigen Minenarbeiter-Wohlfahrtsverbands, in Stücke gerissen. Sich in diesen trüben, seichten Gewässern zu bewegen muss für Alex schlimm gewesen sein, doch er litt im Stillen, bis ... bis das Staunen des Schulinspektors über die Methoden des Doktors ihn darauf brachte, so wie dieser in großen Bögen zu denken.

Sodann sagte er (und hier sind, fürs Protokoll, genau seine Worte):

> »Ich bin mir sicher, Doktor, wenn Sie gründlich
> überlegten, würde Ihnen in Bezug auf den Fußball
> etwas genauso Revolutionäres einfallen. Und wenn
> es so weit ist, wäre es mir eine Ehre, wenn ich
> mit meinen Wanderers das, was Sie sich ausgedacht
> haben, in der Praxis ausprobieren könnte.«

Es war ein feierlicher Moment. Später bekannte er: »Es war, als hätte jemand anders gesprochen – und nicht ich.«

»Ich würde Ihnen sehr gern helfen, Mr Slingsby«, sagte Dr. Kossuth. »Mal sehen, ob mir etwas einfällt.«

Schlichte, aber gewichtige Worte, wie Sie noch sehen werden.

Doch zunächst muss ich erzählen, welch bescheidene Rolle ich bei dem Ganzen gespielt habe.

Nachdem ich aufgrund gewisser Probleme mein Theologiestudium abgebrochen hatte, verschlug es mich hier hoch nach Sinderby, von dem ich natürlich noch nie etwas gehört hatte. Ich hatte auf eine Annonce geantwortet, in der zwei mietfreie Zimmer im ersten Stock eines Hauses angeboten wurden – gegen »ein bisschen Hilfe bei der Betreuung einer Invaliden«. Wie sich herausstellte, bedeutete das nichts weiter, als hin und wieder nach Alex Slingsbys Frau Diana zu schauen und sicherzustellen, dass es ihr gut ging. Nach dem, was ich durchgemacht hatte, konnte es mir nicht abgeschieden genug sein. Mein regulärer Job gehörte zu der Sorte, die man an jedem Ort, wo es einen Postschalter gab, erledigen konnte, und wenn ich durch das bisschen Aushelfen bei den Slingsbys mietfrei wohnen könnte, würde ich gerade so über die Runden kommen. Glauben Sie mir, Verse für Grußkarten zu schreiben, ist nicht ganz so einfach, wie man denken würde. Sicher, das Bildmotiv einer Karte ist der wichtigste Verkaufsfaktor, aber dennoch schauen alle, die lesen können, sicherheitshalber nach, welcher Text innen eingedruckt ist. Eine Grußbotschaft muss kurz, knapp, aber unmissverständlich sein; die Kunden wollen Aufrichtigkeit und Wahrheit, garniert mit ein paar hübschen Floskeln. Mr Fangfoss, unser Vorstand, hält die Fahne der Wahrheit ebenfalls hoch. Das mag auch der Grund dafür sein, warum er mich auserkoren hat, die zur Veröffentlichung bestimmte Chronik der Ereignisse zu schreiben.

Ich war der ehrenamtliche Sekretär der Wanderers. Während der Spielzeit folgte meine Tätigkeit der immer gleichen Routine. Montagabends erledigte ich die anfallenden administrativen Aufgaben. Das heißt, ich schickte zunächst die Samstagsergebnisse dem Sekretär unserer Liga, Mr H. Willis in Barchester, der im richtigen Leben Gebühreneintreiber bei der Bezirksverwaltung war. Als Nächstes schrieb ich einen Bericht für den *Barchester and District Weekly Messenger*, der mir fünfzig Pence zuzüglich Porto bezahlte – das Pauschalhonorar, egal, ob sie zwei oder zwanzig Zeilen druckten. Dann notierte ich die Aufstellung für das nächste Spiel und brachte die Liste zum Black Bull, damit sie dort ins Fenster gehängt wurde. Zu guter Letzt trug ich die schmutzigen Sachen der Spieler zum Waschen zu Mrs Lennox (Trikots zweieinhalb Pence, Shorts ein Penny, ein Paar Stutzen ein halber Penny – das Bügeln der Trikots war im Preis enthalten). Falls Sie sich fragen, wie die Mannschaftsaufstellung zustande kam, so lautet die Antwort: Während sich die Spieler nach dem Match umzogen. Das heißt, der Kapitän brüllte: »Wer kann nächste Woche nicht?«

Ich hatte auch einen Assistenten – von allen nur Corporal genannt. Er war in Alamein am Kopf verwundet worden und hatte seither eine Silberplatte im Schädel, die er gern interessierten Kindern zeigte.

Samstag war immer unser großer Tag. Eine Stunde vor Anpfiff traf ich mich in der Regel mit Corporal beim Predigerkreuz, von wo aus wir gemeinsam zum Fußballplatz trotteten, um die Tornetze zu befestigen, nach möglichen Löchern zu fahnden, die Eckfahnen ins Gras zu stecken und mit Sägemehl Seiten- und Mittel- und die Strafraumlinien etc. zu ziehen. Schließlich kümmerte sich Corporal um etwaige Verstopfungen in den tief hängenden Abflussrohren der Toiletten, die den Urin in einen Entwässerungsgraben leiteten, und schloss danach Lücken in der Hecke, damit nicht irgendwelche Bengel ohne Eintrittskarte hindurchschlüpfen konnten, während ich in unserem zur Umkleide umfunktionierten Erste-Klasse-Waggon der London and Northeastern Railway die Halbzeitorangen aufschnitt. Immer derselbe Ablauf, von dem wir nicht einen Millimeter abwichen.

Dann hängte ich mir meinen Soldatenmantel um und kauerte mich beim Weidegatter hin, um die Tickets zu verkaufen; ich riss sie von einer Rolle ab, die bereits seit vier Jahren in Gebrauch war. Ungefähr zehn Minuten vor dem Anpfiff übergab ich diesen Job stets einem Jungen aus dem Dorf und ging zum Eisenbahnwaggon hinüber, um die Stollen zurückzuklopfen, die sich im Lauf der Woche durch die Sohlen gedrückt hatten, und die Spieler mit Franzbranntwein einzureiben. Letzteres durfte ich keinesfalls vergessen, weil es immer ein, zwei Spieler gab, die die Schuld für ihre kläglichen Leistungen dem Umstand zuschrieben, nicht eingerieben worden zu sein.

Sie sehen also, bis auf das Treten des Balls selbst war ich quasi für alle anderen Aufgaben zuständig, die erledigt werden mussten. Aber nicht dass Sie denken, ich hätte mir deswegen leidgetan. Die Arbeit gefiel mir, a) weil sie mir an den trostlosen Wochenenden in der trostlosen Zeit Ende des Jahres etwas zu tun gab und b) weil ich mich gern unentbehrlich fühle. Heutzutage, da die meisten einen großen Bogen um ein öffentliches Engagement machen, mag das möglicherweise seltsam klingen. Es ist in diesen Zeiten kein Wunder, dass es Menschen gibt, die wegziehen oder aus dem Leben scheiden, ohne dass man es mitbekommt. Irgendwann sagt dann jemand: »Ich habe XY schon lange nicht mehr gesehen«, und ein anderer antwortet: »Oh, der! Meine Frau hat in der Zeitung gelesen, dass er tot umgefallen ist.

Letzten Juli, wenn mich nicht alles täuscht. Oder war das sein Vater …?«

Nun, wenn ich tot umgefallen wäre, hätten es ein paar Menschen aus Steeple Sinderby recht schnell mitbekommen. Vor allem, wenn es während der Saison passiert wäre und entweder an einem Montag oder Samstag.

Und so trugen mir meine Bereitschaft, Wind und Wetter zu trotzen, und ein bisschen Speichelleckerei einen festen Platz in der Dorfgemeinschaft ein; man brauchte mich. Darüber hinaus verkürzte mir meine Tätigkeit die Samstag-, Sonntag- und Montagabende, an denen, um mit Tennyson zu sprechen,

… die Nerven kribbeln und prickeln
und einem weh wird ums Herz
und sich die Welt langsamer dreht …

Worte, denen jeder Junggeselle, der sein Leben zur Miete auf dem platten Land fristet, zustimmen würde. Die Leute haben ja keine Ahnung, was zwischen ihrem letzten hübschen Herbstausflug und der ersten zauberhaften Busreise zur Frühlingsblüte das ländliche England ausmacht. Schlamm, Nebel, Wasser, das unentwegt von den Bäumen tropft, schwarze Erde, Überschwemmung, verzogene Türen, durch die es hereinzieht, feuchte Kniekissen in der Kirche, klebrige Orgeltasten, kalte Steinfußböden und dazu dieser widerliche Modergeruch.

Sehen Sie mir meine Abschweifung bitte nach: Ich will einfach nur *verstanden* werden. Und auch wenn der ein oder andere Leser sich noch immer fragt, wann es endlich mit dem Fußball losgeht, so war die Zeit, die ich brauchte, um zu erklären, was es heißt, zweiundzwanzig Gladiatoren in die Arena zu schicken, nicht vertan: Und jetzt geht es los mit dem Fußball.

Zum Heimspiel am darauffolgenden Samstag erschien der Doktor mit Mrs Kossuth, seiner schönen Frau, von der ich Ihnen gern noch erzählen möchte. Sie war mindestens fünfzehn Jahre jünger als er, also ungefähr in meinem Alter, und es heißt, sie sei in Ungarn eine seiner Studentinnen gewesen. Es gibt kein treffenderes Wort als »atemberaubend«, um sie zu beschreiben – jedenfalls hat sie mir den Atem geraubt. Sie trug das glatte, platinblonde Haar nach hinten gekämmt, ihre tief liegenden Augen hatten einen unergründlichen Ausdruck, und wenn ich an ihre Figur denke, bekomme ich noch heute weiche Knie. Bislang waren englische Frauen meinem Schönheitsideal recht nahe gekommen – bis ich Mrs Kossuth erblickte und später in einer Fernsehdokumentation sah, dass fast jede dritte junge Frau auf den Straßen Budapests ihre Doppelgängerin hätte sein können. In der Tat hätte ich es gar nicht als so schlimm empfunden, wäre ich tatsächlich einer der Räuber des großen Postzugraubs bei Ledburn gewesen (wie ein, zwei Einheimische behaupteten) und hätte nach Ungarn fliehen müssen so wie Mrs Kossuth damals nach England.

An diesem ausnehmend schönen Apriltag trug sie einen kostbaren Leopardenfellmantel, eine kleine Pelzmütze, die keck auf ihrem hochgesteckten Haar saß, und hohe Lederstiefel. Der Doktor trug einen langen schwarzen mitteleuropäischen Mantel, dessen Nerzkragen schon bessere Zeiten gesehen zu haben schien. Natürlich weigerte ich mich, von ihnen das Eintrittsgeld von fünf Pence anzunehmen.

Sollte bei Ihnen der Eindruck entstanden sein, ich hätte allzu lange bei Mrs Kossuths äußerer Erscheinung verweilt, dann sei zu meiner Entschuldigung gesagt, dass das weibliche Publikum bei Fußballspielen auf dem Dorf in der Regel aus korpulenten, streitsüchtigen Frauen besteht, die aufgrund der Flucht ihrer Ehemänner zu Renntaubenschlägen in einem Nachbargarten ihre Aggressionen zu Hause nicht haben abbauen können. Und diese Frauen tragen sommers wie winters Kleidungsstücke, die sich für ein Leben auf einer Eisscholle eignen, mit auffällig großen Knöpfen, um sie zusammenzuhalten.

Als das Spiel angepfiffen wurde, begann der Doktor diskret in ein Minidiktiergerät zu sprechen – nachdem er sich in einen entfernten Winkel der Spielstätte zurückgezogen hatte, wohl wissend, dass das englische Volk aufgrund der zahlreichen brutal niedergeschlagenen Aufstände in der langjährigen Geschichte seines Landes recht misstrauisch gegenüber jeder Art von Aufzeichnung ist. Kurz vor Spielende gingen seine Frau und er, nicht ohne dass der Doktor kurz bei mir stehen blieb und mich bat, Alex Slingsby auszurichten, dass er sich erst noch ein Profispiel in Leicester ansehen müsse, ehe er eine abschließende Einschätzung abgeben wolle. »Ich muss schon sagen, das hier ist deutlich mehr als nur Pflichterfüllung, Mr Gidner«, sagte er. »Ich meine, Geld dafür zu bezahlen, um erwachsenen Männern dabei zuzusehen, wie sie einen Ball herumkicken …«

Dann lächelte er gnädig.